尹維安　著

一人份的
熱鬧

自——序

一人份的熱鬧

01

朋友考上了研究所，從和女孩子們同居的屋子裡搬了出去，開始了一個人住的生活。我問她一個人住的感覺怎麼樣，她說很好。

和她聊完之後，我乘地鐵回家，我家在一片老城區，這裡是老年人的地盤，所以日常目光所及的人群的移動速度是正常速度乘以零點八。

家附近有很多裝潢簡樸的老式超市，我在吃了幾次閉門羹之後摸清了每家店的開門、關門時間，賣菜的阿姨和賣肉的大哥對我已經有些印象了，隔壁花店的大叔也會因為我多次消費而便宜我幾塊錢。

八月份才下單的燉鍋裡如今已經有了淡淡的痕跡，多次洗刷都無法去掉。這是盛了多次隔夜湯的結果，也是一個人生活的尷尬痕跡。

沒有了學生餐廳之後，我的廚藝突飛猛進，我憑著天賦和南方女孩對湯的熱愛學會了用各種各樣的食材為自己補充營養：蓮藕排骨湯、山藥排骨湯還有銀耳雪梨湯。

一個人生活之後，口腹之欲多過了結交新朋友的欲望，喜歡咀嚼多過於交談。

02

來這大城市半年多，房租交了十幾萬。這筆生活體驗費終究花得值得，我從混沌生活裡打撈出了很多自己細細碎碎的習慣，摸清了自己的脾性——時而柔軟、時而矯情。

大學四年，在宿舍裡睡了四年，是有朋友約著吃飯的四年，隨時可以找到人閒聊的四年。這樣「熱鬧感唾手可得」的日子一去不復返。現在的我擁有的是工作之餘大把的獨處時間以及形形色色的生活經驗。

有個之前工作時認識的男生住我家附近，兩家的距離步行時間不超過三分鐘。第一次得知互為「鄰居」之後，我們結結實實地擁抱在了一起，因為在這樣一個大城市，有個人離你住的地方僅僅靠步行就能抵達，實在是奇蹟。

他是個可愛男孩，我們時常如閨密般親密玩耍，他也是個寫作狂魔，常常把自己鎖在房間裡直到深夜，忽然發現冰箱裡空無一物，於是發訊息撒嬌：

「要出來吃宵夜嗎？餓死了。」

那時我都擦好面霜準備睡了，收到訊息後猶豫片刻，想起了冰箱裡還有兩個微波玉米。兩分鐘後，我拿個小紙袋裝了一個玉米、一些零食和兩個橘子，披上外套素顏下樓去。

附近的川味火鍋店營業到一點半，店裡只剩我們兩個顧客，可我們還是點了幾個「大菜」，閒聊時笑得花枝亂顫，把裝麵的竹篩子一併笑到了鍋裡，又哈哈大笑著把油乎乎的竹篩子撈起來。

我們認識不過兩個月，在吃過那次深夜火鍋之後至今沒有再見過，他去了其他城市，我每天看書、寫稿，偶爾開開會見見編輯。

我們的生活回到各自的正軌，沒有人覺得有什麼不妥。

在這座大城市裡，我和很多人之間的關係都是這樣，忽然聚起，忽然分離，長時間失聯後又會因為某些奇怪的契機再次在同一張飯桌上相遇。

大家都是眞心將對方看作朋友，也是眞心沒有時間過於招待朋友。

這是成年人的「行規」——不企圖過度浪費對方的時間，也不給予對方陪伴的機會。

03

有時候會覺得一個人待著難受嗎？

會。

不舒服並不是因為沒朋友，而是總一個人住太安靜，沒有人情味，沒有煙火氣，顯得有些寂寥。

每當這種時候，我就會收拾好包出門去咖啡店工作，在灑滿陽光的小院子裡打開電腦，點一杯咖啡，看看書或者改改稿，或者偷聽別人說話。

秋日陽光明媚，有飛鳥落滿房檐，我停下來為牠們拍一些圖，路過的拄著拐杖的老爺爺也順著房檐的方向觀望了一會兒。

我最喜歡秋天，是因為它不熱烈，但又不是生氣全無。這和我很像，我在本質上其實不是一個樂觀積極的人，但好在對發生過的事比較健忘，於是性格多了溫和與包容。

我回首看過去寫的文章，會被那些盎然的朝氣和無畏感動，但更多的還是對盲目自信的羞赧，有時候也會想：讀者就是喜歡看我勵志的樣子，為什麼不表達得更加慷慨激昂一些呢？

抱歉，維安好像漸漸做不到了呢。

彷彿夏日的太陽沉入秋日的湖水，焦灼感逐漸被熄滅，變成了一輪溫和的月亮。相比曾經期待在湍急的河流裡激流勇進，或者在開闊的海面上揚帆加速，現在的我開始偏愛那種慢一點、靜水流深般的生活。

想要把自己的生活和精神拆解，條分縷析地明確每個部分，當它們逐漸被平穩地架構，就不會輕易動搖。在這個大部分人在探尋成功路徑和方法論的時代，我想要把大部分的精力用於觀察和篩選，找到適合我自己的，可以體面且愉悅地生活的策略。

04

前段時間看到一句話：人不一定需要戀愛，但需要「戀愛感」。所謂的「戀愛感」指的是一種每天都像談了戀愛一樣，有朝氣蓬勃的感覺。

不過據我觀察，我在大部分成年人身上找不到這樣的感覺，他們反而有些像乾癟的蘋果——向內收縮、坍塌，甚至表皮都起了褶皺，這是長時間孤獨和內耗的結果，戀愛並不能讓他們重生。

讓他們重生的，反而是漫長的寂寞構建出來的空間，那些一個人自娛自樂時創造出來的熱鬧，為他們帶來豐盈的汁水和堅硬的內核，幫助他們架起自己的骨架，並填充肉瓤。

先愛自己，再愛別人，而後被愛，應該是層層遞進的關係。

我們需要的「單身感」，不是single（單身），不是lonely（孤獨），而是alone（一個人）。

或者叫，一人份的熱鬧。

Part 1

在破碎重整中，建立自己的座標

拆解自己的生活和精神，
條分縷析地明確每個部分，
當它們被逐漸平穩地架構，就不會輕易動搖。

Part 2

生活中，偶爾出走的權利

保留一些自己的定力，在慣性和麻木中多一些清醒。
不要總為了成就別人而奉獻自己，
卻忘記自己也有發號施令的權利。

Part 3

各選所愛，自負盈虧

時常鼓勵自己去理解和接受更複雜的東西的確很難，不能因為懶惰和困難就放棄對內心世界更細膩的探索。希望我們都可以成為更勇敢和美好的人。

Part 4

珍惜交會時互放的光亮

知道如何與自己相處，才會懂得如何與別人相處。
你要接受身邊百分之八十以上的人都是過客的事實，
所以更要珍惜那短暫交會時迸發的光亮。

Part 1

在破碎重整中，建立自己的座標

拆解自己的生活和精神，
條分縷析地明確每個部分，
當它們被逐漸平穩地架構，
就不會輕易動搖。

每個女孩都該爲自己取一個喜歡的名字

01

之前看了綜藝節目《奇遇人生》，主持人阿雅和演員春夏到美國去追龍捲風，片長一個小時，紀錄片的風格，打動我的不僅僅是大片低沉的天空、玫瑰色的夕陽和毫不溫柔地呼嘯的風，還有那個像白色風箏又像粉紅石頭的倔強女孩春夏。

阿雅在車上問她：「別人通常怎麼叫你啊？」

「春夏」、「小王」、「李俊傑」。春夏說，別人經常叫的是這三個名字。

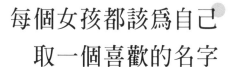

這麼少女的人本名竟然叫作李俊傑，我認識的另一個「李俊傑」是大學時現代文學課的老師，一個胖胖的中年男子。我實在無法想像這兩個人用著同樣的名字。

這個名字比她自身的氣質硬朗很多，那是來自家人的期待——「識時務者為俊傑」。意味著「知道什麼時候該做什麼事情，聰明而有效率地活著」。

她說自己做不到那樣。有的人好像天生就不懂得該如何迎合他人的期待。或許對她來說，人生不是做出精明的選擇，而是擁抱自己喜歡的，憑直覺判斷，然後自負盈虧。

春夏說自己喜歡現在的名字，這兩個字代表著「熱情、戀愛、親密關係」。

的確，這個名字是適合她的：明麗、溫潤，有那麼一點點少女的慵懶，還有點纏綿的情慾味道。春夏之交，給人睏乏和朦朧感，有大片大片的暖雨落在花海裡。

有人說這個看起來總是和周遭格格不入的女孩是個詩人，也有人說她只是個自我意識過剩的中二少女，更多時候她的名字前冠上「金像獎影后」的 Title。但或許這些模糊的印象、偏執的猜測、有頭有臉的標籤，都是不能和「春夏」這兩個字相提並論的。

一個是社會認可的 Title，一個是通向自我的謎底。

她本可以在通往「社會化」的康莊大道上功成名就，為自己編織前行的紅毯，卻怯生生地要逃走，轉身為自己找答案。

說不清是她創造了「春夏」這個名字，還是「春夏」這個名字創造了她。

02

聽到「李俊傑」三個字的時候我忍不住笑了。

實不相瞞，我自己的本名也很不「溫柔」，像個男孩的名字，還是很酷的那種，可以解釋為「緩慢上升」。

的確，我的人生也如父母期待的那樣不疾不徐，總是恰到好處地在合適的時刻被恰好的事物更替、覆蓋。我喜歡這種平穩實在的自我成長方式。

「尹維安」這個名字是屬於自己的。

大概十七歲的時候，有次朋友無意中這樣叫我，我覺得好聽就默默記下了。十九歲時開始做Podcast，這個名字才被正式使用。之後我為雜誌寫稿子，不好意思透露真名，就拿「尹維安」來遮掩，用著用著就習慣了，後來就留了下來。

並沒有太多故事和來歷，只是某天忽然發現「尹維安」承載了太多自我表達，思考的密度和頻率遠遠超過我本身，於是我開始注意到它。

雖然這不是我的本名，但我卻被越來越多的人以「尹維安」稱呼，他們說這就是你啊，這名字和你本人很搭，可我知道自己本身的性格不是這樣的，我急躁、悲觀、中二並且偏執，維安則是我的反面。「她」溫柔、沉靜而且樂觀積極，可以較好地保持體面。「她」對於大部分事情看得通透、冷靜，「她」是我可望不可及的人。

我常常在日記本、手機備忘錄裡和「尹維安」對話。我會問「她」，「她」也會回答我。我很享受這種分裂的感覺，並且在這種交流中與彼此達成和解。

以前有讀者問過：「你呈現給我們的樣子是不是你刻意裝的呢？為了讓我們喜歡才這樣的呢？」

說不上刻意與否吧，大多是自然而然。不過說實話，我可能比任何一個讀者都更喜歡這樣的「尹維安」，因為「她」是我透過文字、設計和詮釋一點一點構建起來的一個生動的女孩形象。

從某種意義上來說，「尹維安」是我生命裡更明亮和清澈那一部分的投影。

她被我創造出來，卻治癒了我，並且始終比我先行一步。

她是我的野心、欲望和生命之火，是我期待的對象，也是我想要追趕上去，成為並

且超越的人。

03

一個稱呼真的會改變那麼多嗎？

我想是的。

在電影《淑女鳥》（Lady Bird）的開頭，克莉絲汀對所有人大聲宣告：「請叫我『Lady Bird』！」這個一頭玫瑰粉色頭髮的高中生用這種方式與家人劃清界限，證明自己是另外一個人。這個看起來有些古怪的名字，是她內心升騰起來的自我意識——一個女孩厭煩了別人為她規定好的生活，希望所有人用她的規則來與她交流。

有些孩子氣，但一點都不幼稚。

一個女孩可以選擇她想要的生活方式，「名字」只是一種小小的儀式。

我喜歡的歌手Lana Del Rey原名叫Elizabeth Grant，其實也是個好聽的名字，但遠沒有現在這個名字來得迷人性感。

她在採訪專輯The Profile提到過自己名字的由來——

「我和我的妹妹還有一群說著西班牙語的古巴朋友一起玩耍……之後大家一起替我取了這個名字。這種舌尖跳躍的感覺讓我很喜歡。」

「那這個Lana Del Rey是你所扮演的角色，還是真正的你呢？」

「百分百真實的我。」

有樂評人說這樣的名字讀起來會讓人想到迷人的海岸風情、玫瑰色的晚霞、棕色鬈髮、哈雷摩托和一支菸，而這些美妙的意象恰好就是Lana Del Rey的歌裡經常傳達出來的意象和場景，一種生活方式和氣質。

一個女孩可以選擇她自己的生活方式，她的氣質，她的生命構成。這些詩意和幻想凝結在她想要被呼喚的那個詞彙裡。

為自己取一個用以呼喚自己的名字，那是一種人生觀。

當一個女孩為自己取一個喜歡的名字，證明她有一個想要成為的「她自己」。

在這個人人都有身分焦慮的時代，我們常常被外界設定在某一個角色上，比如春夏在節目裡說：「我不要做努力的女藝人，我就做個普通人就好。」

這話我才不信呢，她是個野心會從目光裡流露出來的人，她會努力過她的生活，經營她心中的那個「春夏」，不是「演員春夏」，也不是「明星春夏」，更不是「XX春夏」。就是「春夏」。

在我看來，女孩為自己取一個特別的名字，一個小稱呼，就建造了一扇與自己對話的視窗。

這是成年之後與自己玩的一個遊戲，悄悄話或者扮家家酒，是讓自己保持自己的一個很好的方法，是一種將幻想穿在自己身上的莊重感，是一種亦真亦幻的自我期待：

我會成為一個被自己喜歡的人。

這早就不是一個要努力成為別人口中的某某才算優秀或者成功的時代了，我們從來就不被任何人束縛著。

她可以，在人潮裡忽然被自己呼喚

01

「這個時代，如果你是一個沒有偶像的人，是不是都好像變得很奇怪了？」

我收到這封私訊的時候是選秀節目《創造101》最火紅的時候。SNS上的各位忙著Pick自己喜歡的偶像們，烏泱泱的應援燈光晃得人眼花。在一些人為了自己喜歡的偶像流淚尖叫的同時，也有一些人感到困惑。這個讀者說自己不太理解身邊的朋友為什麼要把大部分的時間花在與自己沒有太多關係的人身上，於是問出了上面的那個問題。

我說不奇怪啊，這就像有的人喜歡長髮、有的人喜歡短髮一樣正常，沒必要無限上綱。但我理解她的意思，在一個幾乎所有人都有偶像的時代，身為一個對大眾的流行文化漠不關心的人，或許很難與大部分人產生簡單的連結和共鳴。

我有時候也在思考我們和潮流文化的關係：我們是否一定要關注當下的熱門話題，把自己的情緒和日常時間投在某一個明星、一部劇或者綜藝節目上？

流行文化，這些潮水般不斷上湧又不斷退卻的東西，其實就像一套不斷翻新的語言，我們了解它，是為了能和大部分人好好的進行交流。

英國人常常用天氣與人搭訕，就像長輩們見面總是互相問：「吃了嗎？」和一群同齡朋友待在一起時，我們說Pick，我們說C位，其實是在用最易於交流的語言和彼此達成共識。這並不是什麼值得煩惱和困惑的事情，我們在「審美觀」上不一定要追趕潮流文化，但了解一下也無可厚非。

我記得以前看過一句話，可能有點繞舌：「我不喜歡我喜歡的人被太多人喜歡。」

我想說的是：「我不喜歡因為太多人喜歡而喜歡。」

追求大部分人喜歡的樣子，就能被喜歡嗎？其實不管是偶像還是普通人，我們都會面對這樣一個問題。

昨天看了GQ的一篇報導，其中有一段讓我印象深刻：

記者問SNH48的投資人陳悅天：「如果從偶像個人的角度出發，有時候會不會為了迎合受眾而失去一部分的自我？」

陳悅天說：「找到平衡點是什麼樣子呢？一開始我是大眾偶像，我迎合大眾，但到了某一天，基礎有了，忽然不想迎合大眾，我想做自己。」

她提到了張曼玉到了五十歲的時候忽然開始玩搖滾。

陳悅天說：「就是你身為一個人，被自己喜歡的終極狀態一定是做你自己，不會是你做其他人。」

我忽然被這句話戳到了：**身為一個普通人，我們也需要有自己的人設，那就是「我自己」。**

03

其實「做自己」是一件很困難的事情，因為很多人並不知道「自己」究竟是什麼樣的。我的建議是，**多花一點時間在「與自己交流」這件事上**。我無法給出一個確切的答案，但我可以分享一些我自己的經驗：

保持自省

以前上高中的時候週末補課，每次都要坐差不多一小時的公車。那時候在車上無聊，我就開始胡思亂想，當時最愛想的一件事是——回憶昨天做過的事情、說過的話，反思一下是否有做得不好的地方，有沒有更妥貼的方式？

然後我會把我覺得自己做得不好的地方寫下來，告訴自己下次需要更注意。可能這樣的做法很奇怪吧？但我保持了這個珍貴的習慣，很久之後才知道這就是「自省」，一種極為私密的自我復盤。

自省這件事情如果可以連接觸覺，我覺得會像是在冬天的雪地裡呼吸。那種冷冽的感覺讓人很清醒，思緒清晰。對任何一點溫暖都有良好的感知力。

它意味著不斷地從言語、行動上了解自己，認識並明白自己的劣勢和缺點，並且有勇氣面對和改變它。

歸零心態

簡單些說，就是不在志得意滿時目空一切，也不在失勢時陷入自欺欺人的妄言。這是我一直有點小驕傲的一種能力。可以理解為「不以物喜，不以己悲」吧。每次我完成一件事，即使是出版一本書、進行一次公開演講或者拿到一個獎盃、一份業內優秀工作的offer，**某件事情成真的時刻，是我真實得到成就感的時刻，也是我重新開始的時刻。**

睡一覺起床後，我會當作什麼事情都沒有發生，好像一切從未發生過，我得以繼續耕耘我的日常小日子。

歸零心態可以好好地把自己從某種「標籤」中解脫出來。什麼意思呢？就是永遠保持謙卑和好奇，不給自己過多的負擔。

不刻意追求「共鳴」，試著享受「差異」

前幾天我在SNS上發了一則文，大概是這樣的：

在我們還小的時候，特別容易因為「共鳴」而交朋友，但其實長大會發現，能夠有「共鳴」的東西少之又少，更多的是相互之間的理解和包容。

每個人的人生軌跡方向不可預測，也並不存在絕對的吸引。於是我開始享受與朋友之間的差異（我說的是一些觀念上的東西），並且分享各自的新觀點。

得到他人啟發的感覺其實沒有那麼糟糕，你會覺得「哦，原來世界上還有人是這樣想的啊」，那種驚喜的感覺其實不亞於「哦，原來你和我一樣啊」。

我們必須先有各自的島嶼，我們的飛鳥才有棲息之地。

相較於成為一個「討人喜歡」的人，成為一個「討自己喜歡」的人要難上一百倍。

但人活這一輩子如此短暫，不也就是把自己的時間修修剪剪、排列組合，嵌入到認為值得的人、事、物中去嗎？

如果說一個人的一生是完成一幅畫，你的這幅作品如何去畫，要畫什麼？你可以想得很清楚，也其實不用想得那麼清楚。

總之，我們不是在臨摹，我們是在創作。你得先創造自己認為美的東西，才有可能得到別人的認可。

就像金句仙女孫女士（我媽）說過的：「你要學著認真分享，而不是琢磨如何吸引別人。因為『如何迷人』這件事是琢磨不來的。」

對不起，我拖了同輩之人的後腿了

01

我開始實習的時候，周圍共事的人忽然就換了一批。

從少不更事的學生變成嚴謹苛求的職場人，氛圍自然就不一樣了，有時候大家聊起工作，感覺空氣都往下沉了一些。

第一次去員工餐廳吃飯的時候，鄰桌有很多編輯前輩正在交流旅行體驗或對某本書的排版見解，我初來乍到，不敢作聲，怕自己孤陋寡聞、貽笑大方，又好奇地想知道他們到底在說些什麼，於是低頭扒飯並細嚼慢嚥，盡量拖延時間，用表面上的斯文來偽裝「偷聽」的意圖。

直到有一個前輩覺得我臉生，主動過來詢問名字和年齡。我說我是一九九六年出生的，剛滿二十二歲，大學還沒畢業。他們的眼睛瞪得很大，紛紛感嘆：「真年輕啊，後生可畏。」

於是話題又開始轉向：「一九九六年那時我都上國中了……」

我乖巧地坐在一旁，配合著露出天真的笑容。哪怕是以這樣的話題加入了，能融入群體也是開心的，我暗自鬆了一口氣。

那個時候我是公司裡年紀最小的實習生，但這並不意味著我可以受到很多愛護和包容。那段時間剛好公司舉辦大型的活動，時不時需要往活動場地跑，我本來以為自己的等級也就適合打打雜、拿拿外送便當，誰知道主管放話：「我可沒有把你當實習生啊！既然來了，該做什麼就不能怠慢。」同團隊有個年紀比我大了不少的前輩，有一次把表格整理錯了，也受到了嚴厲的指責。

走出大學我才知道，大家不會因為你年齡大就寬容你的錯誤，也不會因為你年齡小就對你予以照顧。

說到年齡，我發現在職場中，其實很多人對於年齡蠻敏感的，不是怕被人知道自己年紀幾何，而是怕別人覺得自己所做的一切配不上自己的年齡，或者說，配不上這個年齡的人應有的水準。

02

誰叫現在的年輕人越來越厲害了。

「九五後」創業成功，「〇〇後」也月入數十萬，新聞媒體不斷地用數字刷新我們的認知——我們原來覺得非常困難的，不奮鬥個十年二十年完成不了的事情，竟然都發生了。

綜藝節目《奇葩大會》有一集裡捧紅了一個月入數十萬的「〇〇後」女生，她贏得矚目的點不在於可以月入數十萬，而在於她取得這些成績的時候才十七歲。

在很多人眼中，十七歲的天空不大，不外乎就是「讀書」、「考試」這兩件大事，每日按部就班地生活，有時候和父母鬧點彆扭，或者在日記裡為一點若有若無的情感糾結好久。期待自由，期待解放，期待自己考上好大學，找一個好工作，也能過著不錯的生活，可以隨便刷卡，買到百貨公司裡那條你覺得天價的牛仔褲。

但有個人忽然告訴你：「她每個月可以賺六位數，而且她和你一樣大。你嚮往的五年後的生活，有些人早就擁有了，甚至過膩了。」

這種震撼和壓力無疑是巨大的：你還在為了一場考試奮發熬夜，拚死拚活的時候，有的人已經早早地站在了遙不可及的高處。

能不感到生氣、自卑、挫敗嗎？

可怕的是，那些原來只出現在父母口中的「別人家的孩子」，現在只要隨便滑個SNS就可以看到。網路連通了不同階級的生活，帶來了渴望，也帶來了痛苦。

那些所謂的同儕的榜樣，把我們綁架了。

03

我想起高中時期的一件事，當年我的朋友Emma英文成績非常好，聽說讀寫都很優異。高一時，有一次我們一起去老師的辦公室幫忙，電腦裡正外放著BBC新聞，老師忽然問我們，你們聽得懂在播什麼嗎？當我還在吃力地辨別每一個單詞的時候，Emma說：「聽懂了，講的是南北韓戰爭……」

老師看向我，我尷尬地笑笑：「差不多聽懂了，有些詞太快聽不出來。」其實我那時候心裡都要爆炸了，我哪裡差不多聽懂了，可能因為太緊張，耳朵都像關閉了一樣，根本一個字都聽不進去。我當時非常難過，為什麼我們都是高一，英文水準卻相去甚遠？

那種感覺無疑是羞恥至極的。但凡有一點自尊心和自信心的人，都會覺得被打擊——明明我們讀的都是一樣的學校，教我們的都是同一個老師，我們每天一起上課、一起吃飯，為什麼她的英文能力比我強那麼多？

當然多年後的今天，我不再因為這件事情感到困惑，當年的那種或是失落或是憤憤不平或是嫉妒的苦澀也不知是如何消解的。

如今我回望當時，才發現那時候的我僅僅看到「我們一樣大」，卻沒有考慮到「她讀的小學是雙語學校」、「她曾去國外當交換學生」、「她比我更喜歡看英劇、美劇」、「她對英文的熱情遠勝於我」……

「同輩之人」其實是個假議題。大家可能除了「年齡相同」之外再無更多共同點，每個人的見識、經歷、家世、資源、能力等方面天差地別，根本不具備可比性。

而且我們總是用簡單粗暴的結論來否定自我，喜歡把事情的結果歸結於一些無關緊要的原因，卻忘記了自己其實根本沒有別人付出得多，其實我們根本沒有努力克服過那些困難。

04

人總是對他人的結果眼饞，卻忘記自己不曾對自己苛刻過，有一次在SNS上看到一段文字：

對於人而言，沙粒不斷墜落的過程就象徵著光陰的流逝，但不能單單認為這是自己的失去。如果將我出生的那一刻定義為我擁有了自己的全部世界的話，那麼，我一直都未曾失去過時間，而是一直在獲取時間。

這樣的話出自一個上小學六年級的、只有十二歲的小朋友之口。他是科幻小說《三體》迷，有著與同齡小孩不符的閱讀偏好，也有著令人佩服的思考深度和語言表達能力。

他謄寫在作業本上的一字一句，是很多成年人，不管是二十二歲還是三十二歲，都不一定能夠表達的。

這段話其實很值得玩味：「我們並非被時間拋棄，我們其實獲取的是新的時間。」我們其實每天都在獲取新的機遇和挑戰，那些錯過了，被我們「用壞」了的時間早就消失了，縱使我們懊悔也無能為力。

我們可以做的，也就是抓住當下的時間，編織經歷的密度，好好地讓自己變成一個經歷更豐富的人。你不需要與那些同儕進行太多的橫向比較，他們提供的只是一種「可能性」，對你而言，重要的是關於自我的縱深發展。

我最佩服的同輩之人有兩種：

1. 不會在榮譽面前飄飄然，穩定的厲害，持續的優秀。

2. 甘願蟄伏，認定自己的目標，然後堅定地堅持。

他們都有一種共通點，那就是「不輕易羨慕別人而陷入焦慮」，不為社會「單一而功利」的衡量標準動搖。阿德勒說人的一生就是在自卑中完成自我的超越，如今的社交網路太容易讓人自我膨脹或自卑，這些並不足以構成促使自己前進的動力。

別人的標準甚至世俗意義上的成功人生，這些往往並不是自己的終極目標，因為同儕比自己優秀而感到自卑是合理的，因為年齡暗示著某種時限，但不要焦慮，搞不好軌跡會慢慢傾斜，真正的超越是在跟自己的縱向比較中成為更好的人。

在我們追求知識的時候，往往低估了時間的作用，在我們追求成功的時候，卻高估了時間的作用。

一個人在知道自己要去哪裡、要做什麼的時候進步最快。

尊重且珍惜自己的敏感和脆弱

01

我曾發過一則SNS動態：

尊重並且珍惜自己的敏感和脆弱，它們其實是力量和創造的源頭。

有朋友留言說自己「被戳中」。

事情源於前天晚上，我塞著耳機，一個人走在凌晨濕漉漉的鼓樓大街上，腦海裡忽然蹦出一個問題：「我性格中有什麼是我原來不喜歡，卻又慢慢接受了的？」然後我就發了前面那一則動態。

很多新認識的朋友說我腦子

活、有想法，總能夠從很多別人注意不到的細節中發現有意思的東西。但是以前沒人誇我「敏銳」，他們都愛說我「敏感」。

敏感的人其實很慘，光是活著，每天都要受一千種細小的折磨，因為有太多日常小事情會讓我感到孤獨、憂慮和不自在，我永遠都不知道情緒的下一個波動來自哪裡。

在學校的時候，如果一個室友問了其他兩個人要不要去吃飯卻沒問我，我一定會在心裡暗自琢磨很久很久；如果男朋友轉發了一個我不認識的女孩的ＳＮＳ動態，我可能會把對方的個人頁面翻到底；如果家人無意地說起哪個朋友的小孩考上了名校，我也會覺得語氣中有深深的失望。

我當然也知道這樣的舉動太「玻璃心」，太小家子氣，可是我就是無法無動於衷，無法說服自己去做一個堅強、無所謂的人。

這是我性格中天生的部分，怎麼可能連根拔起呢？

所以我常常小心翼翼地維護自己的心情，不會主動找麻煩，也會很自覺地避開那些會讓我不開心的場合和人，時時刻刻尋找平衡點，如同裝滿水的玻璃罐，稍微踉蹌一下，情緒就會翻湧出來灑一地。

那樣的我，盡量保持溫和善意，以為可以和周遭和平相處，殊不知在其他人看起來，懷有戒備之心的人其實更不可愛。

不過很意外的是，後來，我忽然發現其實像我這樣的人蠻多的，甚至他們的生活中有更多波折。同樣是玻璃心，只不過他們比我高明的是他們懂得怎麼和那樣玻璃心的自己相處。他們懂得如何捧著一顆玻璃心，然後做很多了不起的事情。

02

我有家常去的小咖啡廳叫作Alba Cafe，和朋友聊天都會去那裡，不知道在那裡度過了多少個還算涼快的夜晚，也聽過不知道多少個令人心碎的失戀故事。

我常常約出來的女孩叫小春。

與她相戀多年的男孩離開了她，小春本以為這不過又是一次「如常」的爭吵、分手，過不了多久對方就會來找自己，但她等了又等，回到家鄉，恰好在地鐵裡碰到前男友和一個陌生女孩靠得很近，女孩笑得很甜。

小春本來不屑一顧，覺得那個女孩對於前男友而言不過是自己的替代品，後來前男友說：「我是真的喜歡這個剛認識沒有多久的女孩。」

小春就崩潰了，生活一下子進入「冬天」。

她很清楚自己和前男友並不合適，他想要一個能夠乖乖留在他身邊、找份安穩工作、把他當作依靠的小女人，但小春在外地漂著漂著就對這片土地有了感情，再也回不去了。

即使是失去一個並不合適的人，對於小春來說也是件痛苦的事。她在這種理性和感性中反覆掙扎，說起來的時候眉頭還是緊鎖的，語氣有點激動，在喝一杯梅子酒之後緩了下來，抬頭很認真地告訴我：

「我很難過，但我告訴自己，就當拓展自己的情緒體驗吧。」

我很佩服她，她能在她的失落中找到意義，並且把消極轉到積極的那一面。

前幾天我看到她發SNS：「從四月初就開始的糟心生活被自己一點一點地打理好了。現在的生活是我想要的，也是我珍惜的。生活沒有打敗我，我會越挫越勇。」

我滿懷敬意地為她按了個讚。

另外一個朋友林阿P在結婚前遭遇了悔婚，未婚夫找到了一個各方面條件更好的女孩，理所應當地離開了她。她的生活主題忽然被撤下，瞬間墜入茫然狀態，從小城市孤身北上來到大城市，開始了和畢業生沒什麼兩樣的生活。

林阿P說起這些事情的時候，我覺得她的眼神裡還是隱隱有兵器的冷光，但她好像釋然了不少。

來到這個大城市一年多，她適應良好的習慣了新的生活，雖然忙碌，但至少覺得生活是比以前更有意義的，至少，感覺在活著。

我沒有見過以前的她，不知道她為什麼性格這麼溫和，為什麼溫和裡有這麼淡漠的氣質。

昨天我問她：「你覺得離開小城來這裡值得嗎？」

「值得。」

我就沒再問了，確認過眼神，是我喜歡的人。

04

我真的好喜歡這座城市，因為這裡有太多和我一樣其實並不是天生就那麼堅強的人。

他們都不是天生的英雄，不過是一個個執拗的愛哭鬼。但他們都一邊流著眼淚，一邊變成了更好的人。

不是所有敏感脆弱的人都可以做到，但的確，心碎是一種蠻荒的力量。你可以在痛苦的過程中逐漸把自己拼湊完整。

我逐漸開始接受並且利用自己的負面情緒，並且發現像我們這樣的人沒什麼不好的，敏感脆弱的人其實擁有更豐富的感知力和共情力，可以更快地與人產生情緒的連結，更容易溝通。

二〇一七年的金球獎頒獎典禮上，梅莉史翠普獲得了金球獎終身成就獎，她在獲獎感言裡引用了剛去世的好友費雪的一句話：

「Take your broken heart, make it into art.」（讓你的心碎成為藝術。）

大多數人的童年被教育要「堅強」，不能哭，不能後退，不能認輸，彷彿哭泣和悲傷是一件很羞恥的事情。

但其實，這是人類再正常不過的情緒啊。

快樂並不等同於「正確」，難過也不是一種「錯誤」。情緒起伏本就是常態，維持一種「不興奮也不悲傷」的平衡狀態就好。你的悲傷和快樂其實一樣有價值，不如接受它們帶來的能量。

敏感其實是一種天賦，脫離了粗礪和麻木，讓人可以更深刻全面地去感知生活和情緒。很多的藝術家、創作者，那些需要思考和表達的人，其實都是敏感的人。

比如我每次遇到讓我沒有安全感的事情，在每一個擔心失去和搞砸的瞬間，我就會這樣告訴自己：「大不了就當是累積寫作素材了。」事實證明，很多我自己認為真誠的品質尚可的文字，都是一次又一次細小的心碎換來的。雖然過程不太舒服，但我還是覺得很值得。

可能敏感脆弱的人才會明白，眼淚也是一種意義。

我不過「一見鍾情」式的生活

01

這篇文章是我在二〇一八年六月九日於揚州大學舉辦的TED×YZU活動上的演講稿。

當時的主題是「決定性時刻」，我回顧了自己的生活，與大家分享了一些發生在自己身上的故事。

這是我第一次參與較為正式的公開演講，我很珍惜這次經歷，於是想要把分享的內容再次用文字呈現給大家。

當我拿到這一次大會的主題——「決定性時刻」時，其實有點懵。我仔細思考了一下，我不知道在我二十二年的生命中有哪些瞬間是「決定性的」，是昨天結束的大學考試？是畢業之際拿到的那個offer？是和一個對或者不對的人談戀愛？

思考許久，我發現了一件很可怕的事情，我真的不知道我生命中的決定性瞬間是什麼，於是向我的戀人求助：「你覺得什麼是決定性瞬間呢？」

他思考了很久，然後回覆我：「確認過眼神，我愛上對的人。」

好吧，換作平常，我可能會被這樣的「土味情話」甜到，但那天我仔細思考了一下這句話，發現有那麼一點點問題。

「一見鍾情」這樣的說法我們常常遇到。

我們在文學藝術作品中特別容易遇到「一見鍾情」的橋段——兩個人的關係在一瞬間發生了質變，浪漫的故事就此開始。《鐵達尼號》裡的傑克和羅絲，《愛在黎明破曉前》三部曲裡的傑西和塞琳，《怦然心動》裡的布萊斯和茱莉，甚至《紅樓夢》裡賈寶玉那句「這個妹妹我曾見過」也是這個意思。

「一見鍾情」可信嗎？

我有個學妹幫別人寫劇本，有一次寫了一個校園愛情故事：男主角是新上任的年輕圖書館管理員，女主角是文學少女。故事的大概情節是，女孩在圖書館偶遇圖書館管理員，彼此一見面就都有好感，女孩天天來借書，男孩為了能見到她天天加班。當文學少女借到她的第一百本書的時候，管理員向女孩表白了。

學妹非常喜歡這個故事，把劇本交給了買劇本的甲方。甲方看了這個故事之後覺得還不錯，但有一處不太滿意，他說：「把男主在女主借第一百本書時表白的設定換成第一本書吧，把男女主角相識的過程省略掉。現在的觀眾只想要看甜的、偶像劇的情節，沒那麼多耐心等他們確立關係。」

從市場的角度來說，我完全能夠理解，可是如果從一個嚴肅的故事創作的角度去思考。那些文藝作品中留白的部分，高潮過後急轉而下的部分，那些人物之間彼此試探、猶豫和若有若無的情愫、漫長的失落，那些常常被避而不談的東西，恰好才是我們真真實實的生活。

生活是由一個又一個短暫的瞬間組成的，沒有輕重之分，也沒有優劣之分。

「一見鍾情」這樣的概念出現在電影、文學作品中沒問題，但如果我們將這種「一見鍾情」的概念帶入生活，可能結果反而不會太浪漫。

兩個月前，我幫《讀者》雜誌寫了一篇約稿，主題是關於我的高中生活故事。我想了又想，最後寫了我高二時的國文老師田老師和他妻子楊老師的故事。

後來這個故事刊登出來，很多人喜歡，也有很多其他雜誌轉載刊登，我自己也把文章發在了社群專頁上，有很多人轉載評論，其中還有我的高中學妹，正是田老師的學生。她們轉發、留言，竟然轉到田老師那裡去了。

據說田老師是很激動的，畢竟看到自己的學生出書、寫文章，還有關於自己的故事，不免有些驕傲，就在我們高中的年級大會上說了這件事情。

我的妹妹現在正在讀高一，田老師說的內容都是我們講電話時她轉述給我的，田老師大概是這樣說的：

「你們的尹學姐從小就想當一個作家，但是她在高一的時候面臨了一件讓她困惑的事情，在選組分班的前夕，她很困擾自己到底應該選擇社會組還是自然組，是我告訴她，你去選社會組吧，堅定了她寫作的信念。」

我妹問我，是真的嗎？

我當時愣了幾秒。我的數理化一直都不好，如果不讀社會組，我也不知道我要學什麼了，而且田老師是我高二時的國文老師，我是在分組之後才遇見他的。

我承認我這樣說可能會有些讓老師在面子上掛不住。但我完全可以理解老師當時或許是比較激動，就稍微「誇張」了那麼一點，順其自然地創造了一個對於我所謂「文學之路」上的決定性瞬間。

再來說一件類似的事。

我在第一本書的後記裡寫了這麼一個故事：「高中畢業那個暑假，也就是差不多四年前的這個時候，我十八歲，有一次和我爸一起喝茶，他問我以後想做什麼工作，我說不知道，走一步看一步吧。不過我倒是有個願望，很想出一本書，雖然不知道可以寫什麼，也不知道要怎麼出版，即使是自己出錢去印都好。」

我當時自然是在吹牛，我爸當時也覺得我是在吹牛，就鼓勵我：「那好，三十歲之前，你努力把自己的書出版吧。」

說完之後我就忘記了。在我遙遠的二十一歲，也就是去年差不多這個時候，我真的出版了自己的第一本隨筆集，而且我沒花錢，還賺了一點錢。

在那本書進行封面設計的時候，我發訊息給我爸：「你看，我沒騙你吧。」

說出這句話的時候我是很自豪的。如果你是和我一樣有些中二的人，可能你也會覺得這樣的感覺是非常爽的，或許你能理解那種「我當時隨口一說，就真的可以做到」的很瀟灑的感覺。

這兩件事講完了，現在我們退回去做一個假設。如果說我大二的時候沒有在網路上寫東西，如果我寫了也沒有人看，或者說我根本就沒有堅持寫下去。那麼我不可能被很多讀者知道，我也不可能出版我的隨筆集，我也沒有「自由撰稿人」的標籤。

如果我沒有出版那本書，我還會想起曾經無意中吹牛的時刻嗎？我的爸爸會想起來嗎？即使想起來了，或許我們都會心照不宣地避而不談，也更不會有田老師那麼誇張的「當年選組分班前的鼓勵成就了我的文學夢」之類的故事。

這些事情讓我明白的一個道理，就是大部分的人看問題或許是以結果為導向的。如果沒有一個結果，沒有一個既定的事實，所謂「言出必行」這樣的詞彙是不會存在的，那些被單獨提出來的瞬間，也是沒有太多意義的。

所以我想，**很多「瞬間」的力量常常被我們誇大了，因為有一個圓滿的，甚至偉大的結局，人們才熱衷於放大過去的任何一個細節，強行把細枝末節的東西當作理由，因為這樣的修飾是萬無一失的，是安全的。**

這樣所謂的「決定性瞬間」，其實是我們基於當下生活的一種非常主觀的判定。所有的瞬間都是同樣重要的，正如芥川龍之介說：「刪除一生中的任何一個瞬間，我都不能成為今天的自己。」

對我而言也是如此，如果撤銷了我生命中的任何一分鐘，我都可能成不了今天的我。

03

或許有的人會說，如果人生中都沒有一個可以稱之為「決定命運」的時刻，那該有多無聊啊？

其實我認為「決定命運的瞬間」，有，絕對有，但如果真要拿出來仔細分析，或許會讓你感到失望。

昨天我在看ＧＱ雜誌編輯王鋒的《願你道路漫長》，裡面提到一段話：

「原先以為，才華是一個門檻，後來懂事點，覺得勤奮是你的一個門檻，再往後，當知道自己既沒才華也不夠勤奮的時候，發現時間也是一個門檻，一件事，你堅守了足夠長的時間，總會有所得。這種所得，不在於名利，不在於你到底做了多大的事，而在於你知道自己有所成就，也知道了自己的本分和局限。」

04

就拿剛剛結束的大學考試來說吧，我相信放榜之後，肯定是幾家歡樂幾家愁，我不帶褒貶地說，有的人進入數一數二的名校，頭頂光環開始全新的生活，有的人在私立學校甚至技職學校裡依然開始全新的生活，曾經的同路人開始分道揚鑣。

這樣的事實非常殘酷，但這就是事實。

我見過很多大學生，我在和他們聊天的過程中發現，其實有很多人沉浸於自己過去的某一段經歷裡，一直走不出來。

古人有一個成語叫作「刻舟求劍」，我覺得這個詞很有意思，說的是拘泥不知道變通。其實客觀現實早就變化了，但仍很固執地堅持著一件事。

每當我們覺得自己的過去很失敗的時候，你要去想，其實我們是坐在一條船上的，船是始終行駛在水上的，雖然那個船上的刻記一直都在，但你肯定不是曾經的那個你了。

所以我想說的是，**請你保持對「此刻」的尊重，不要讓過去成為此刻的藉口，不要讓未來的自己為此刻買單。**

什麼意思呢？我做一個非常簡單的比喻：

我覺得在戀愛中，有兩句很酷的話。

第一句是：「愛過。」

我們是真心相愛，但我們也是真正不愛了。套用一句歌詞是：「我們曾相愛，想到就心酸。」

第二句是：「我們又不趕時間。」出自電影《志明與春嬌》，這句話的前一句是「有些事我們不用一晚都做完的」，大概意味著，我們對於當下是有安全感的。我不想太過於捆綁我的未來，我只專注於當下的時刻。

我們真正擁有的只有此刻，所以我希望大家可以努力不被過去牽絆，也不把力氣放在空想上，去感受此刻，感受當下存在的力量。

如果眞的有一個決定性瞬間，我想它的名字就叫作「當下」。

感謝我們擁有著彼此的「當下」。

喜歡別人是一種本能，喜歡自己是一門學問

寫給妹妹的一封信。

親愛的妹妹：

很多年前聽一集電臺節目，聽到柏邦妮寫了一封信給妹妹，那時候我才十五六歲，也很想寫一封信給當時才上小學的你。無奈那時候我小你也小，想寫卻不知如何開始。

等到你也十五六歲的時候，我二十歲出頭，不知怎麼就成了一個文字工作者，有一天忽然在電腦上敲下這篇文章的開頭，我想，大概是時候寫這封信了吧。

我今年大四，你正上高一，

我們之間相差六歲，在各自的年紀裡做著理所應當又有些乏味的事情。

雖然我們聯繫的次數很少，但每次通電話，你如同小鳥一樣嘰嘰喳喳的樣子讓我很感動又欣慰。你願意和我分享那些你認為重要的事情，一次失敗的月考、一場熱鬧的同學聚會、一個讓你感到害羞和困惑的男同學，或者僅僅是某一個歷史或者地理的知識點。雖然那些東西對我來說已顯稚嫩，但我仍覺有趣。

不知道你記不記得，七八年前，我把本來已經送給你的小貼畫撕了。你哭了好久，我還覺得自己並沒有做錯什麼，因為「那本來就是我的」。那個時候的我自私、敏感、不懂事，沒有安全感，對你的存在抱有些許的敵意，並沒有意識到你是完全無辜的。隨著自己慢慢長大，離家越遠，那些埋怨都開始紓解，我反而變得包容、柔軟，對一切關係都懷著感恩之心。

你是我珍惜的人。我是看著你從「小毛毛」長成大女孩的人，我是那個並不常在你身邊，但願意一直陪伴你的人。

◆

你的枕邊書從《我的野生動物朋友們》變成了某系列言情小說，那些帶著蝴蝶結和小動物的髮帶被收進了盒子；你開始穿胸罩，不再收集彩色膠帶，開始頻繁地照鏡子看自己的面容和身材；你開始寫日記，開始偷偷和某個男孩子傳訊息，用有些拙劣的理由謊稱和女生出去玩。

我看著這些熟悉又遙遠的舉動，不得不告訴自己「妹妹終究是長大了」，不知道為什麼竟然會有點難過，人有時候並不是那麼心疼自己的成熟，卻對別人漸漸遠去的天真而感到失落不已。

雖然我們相處的時間並不多，但我想陪伴的意義遠不在於空間上的靠近，而是一種內在的支撐感。就像給從來沒有游過泳的人套上救生圈一樣。我所能做的，是在你與生活真正交手之前，盡可能地以我的視角，將這個世界分享和預告給你罷了。畢竟往後的路，還是需要你自己走。

你就讀於我待了六年的學校，我很明白你現在的處境，現在高中的升學壓力比我們那時大多了，需要每天面對試卷、分數、排名、老師期盼的眼神、同學之間有意無意的比較、爸媽的嘮叨和叮嚀，這些構成了你們這個年紀的壓力和煩惱，不比有著房貸的年輕上班族好到哪裡去。

你說你看過《終極追殺令》這部電影，不知道你是否記得裡面的一句臺詞：「人生總是那麼艱難嗎？還是只有小的時候是這樣？」

里昂回答瑪蒂達：「總是如此。」

這個世界不知道從哪天開始變得有些浮躁，有些喧鬧，充滿了利益和欲望的泡沫，大部分人不明所以地拚命往前趕，追逐著世俗意義上的成功和光鮮，可是人生的好壞哪有固定的標準呢？

我不想再去告訴你要努力，追求什麼樣的排名，什麼樣的成績，如何優秀，而**想在所有人告訴你該如何往前奔跑的時候，提醒你停下來看看自己，不要變成你討厭的樣子。**

這樣的生活「預告」會不會有些悲觀了？但我相信你仍然會感興趣，我經歷過這樣的心理狀態，身處封閉環境，卻渴望逃離。你現在正處於渴望與外界交手的年紀，所以我今天不打算和你說成績與排名的重要性，而想告訴你一些可能離你現在的生活很遙遠，但你終究會遇到的事情。

◆

首先是「愛情」。

我不知道你是否已經有男朋友，但我覺得一定有男孩子喜歡你，這很正常，不要為自己的感情感到羞愧。

喜歡上一個人是本能，但是「如何喜歡別人」、「如何在喜歡別人的同時喜歡自己」，則是一門學問。

我並不反對你太早談戀愛，但我不希望你覺得愛情就是一切。你必須明白你的每個人生階段裡重要的事情是什麼，愛情並不能讓你堅實地站在大地上，從某種角度上來說，它是一件生活的戰利品，不要把對於生活品質的希望寄託在誰的身上，父母會老去，你會獨立，也不要相信某個男人說出「我養你」這樣的話。你需要找到能夠真正支撐自己的東西，不管是物質上還是精神上。

不要隨隨便便地愛上一個人，也不要隨便放棄一段感情。真誠地對待你選擇的人，但是在愛人的同時不要放棄自己的生活。有自己的工作和興趣愛好，有自己不被人轉移的追求是一種迷人的特質。

◆

再來是「獨立」。

小時候你是我的「小跟班」，你學著我畫畫，寫小故事，披著被單扮女俠，我們一起拿著硬紙板做武器滿屋子打鬧。爸爸總對我說：「你要好好讀書，因為你是妹妹的榜樣。」爸爸總對你說：「你要好好讀書，姐姐是你的榜樣。」

說實在的我真不覺得自己很優秀，也不希望為你的未來導航，更不需要成為你的榜樣。有一天你告訴我你想去做設計，你發現家裡的插座設計得很不合理，有改進的意見。我內心欣喜不已，說不定你的未來就要朝著自己的方向奔去了。

要記住，你永遠有著追求自己所愛的權利，不需要讓「成為誰」或者「超過誰」變成你前進的理由，要相信「夢想」這樣俗氣的措辭，相信「堅持」這樣有些土的方法。要努力地更新自己，多看書，多思考，培養自己身上獨特的氣質。

獨立，自愛，又有自己的原則，卻又不能不近人情，因為美是一種親切的感召。

◆

還有一個是「野心」。

不知道你有沒有看之前很紅的電影《我的冠軍女兒》，我很慶幸我們的父親並不是那樣一個極端嚴厲的人，但他在我們身上寄予的厚望並不少。他是謹小慎微的人，對於一個標點都很嚴謹，自然無法理解你因為粗心而做錯的英文選擇題。我們的父親是成功的，但他的人生裡也有很多遺憾和失望，從某種意義上來說，他真的想把自己缺少的部分在我們身上補回來。

你已經很懂事了，讀書和生活都不用家人操心，可我還是希望你長成一個溫暖、善良，但不那麼安分且心氣高的女孩子，**最好帶著一點點野心，這個詞或許你現在看來有**

點尖銳和囂張，但隨著你漸漸成長，會發現它是個好東西。這是一個弱肉強食的世界，你需要去爭取，去靠實力說話，即使一句話都沒說，別人也能看見你。

但千萬不要耍手段和玩心機，這和玩遊戲作弊一樣沒意義。

你的野心不是針對別人，而是征服昨天的自己。姐姐正是這樣一路走來，深知這樣的選擇需要付出的代價，會過得很辛苦，但至少每一步都是自己爭取而來且踏實走過的，容不得半點弄虛作假。

◆

以前你小，我也小。那時我不懂得該如何去愛自己的親人，後來我長大了，那種惺惺之心才忽然氾濫。我或許不是一個好姐姐，從小並沒有照顧你很多，陪伴你很多。

我去過很多地方，寄過很多張明信片給你，每張都無一例外地落款：愛你的姐姐。這句話是可以兌現的，如果你以後想往外面飛了，就盡情地往外飛吧，去見見世面，去恣意生活，去享受年輕的好時光和所有奮鬥的日子，但你要記得，難過的時候、撐不下去的時候，要回家，要打電話給我。姐姐永遠在你的身後。

我當然希望你成為一個成功的人，考上好的大學，找一個好的工作，有美滿的幸福家庭。

但我更希望在所有人都替你打強心針的時候，我能成為你的鎮靜劑。我希望能教你平和、柔軟、熱情地面對一切生活中的好事、壞事，永遠不要放棄對未來的虔誠。

相信我，你是一個很可愛的小女生，將來也會成為一個漂亮、可愛的女人。

我一直為你感到驕傲。

愛你的姐姐

二十二歲相信的東西，是想要用一生去擁有的

01

直到二十二歲結束也沒完成的一件事：紋身。

身為一個打耳洞都要深思熟慮的人，我並不覺得這個想法是一時興起或者好玩。去年在凱恩斯的民宿，隔壁住了一個金髮碧眼、有些壯實的年輕女子，我在車庫整理行李，她看我是新房客就來幫忙，她捲起袖子，手臂上大大小小的奇異圖形和紋身線條纏繞到了指背上。

我誇她的紋身酷，她建議我也去紋一個，我解釋說自己雖然

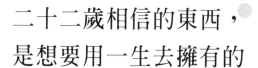

成年了，但是個膽小鬼，怕痛。最主要的原因是我爸不准，於是也就不敢。她幫我出主意：「我見過很多日本女孩會紋在側腰或者大腿上，一個很迷你的小圖案，被衣服遮著，不會輕易被發現。」

我說我想紋在身上的是一句普通的歌詞，出自Lana Del Rey的那首Cherry：My cherries and wine, rosemary and thyme.（我的櫻桃美酒，迷迭香和百里草。）

「是什麼意思呢？」她問。

「就是一句歌詞，我覺得她唱這一句的聲音特別好聽。」

「我覺得或許紋圖案比較好，歌詞的話，萬一你以後不喜歡了怎麼辦？」

「二十二歲相信的東西，是會相信一輩子的。」

02

Taylor Swift在《22》裡唱：「We're happy, free, confused and lonely at the same time.（儘管我們感到困惑與孤獨，卻仍舊幸福與自由。）」

我的二十二歲也差不多，清醒、沉醉五五分，有閒散和釋然，也有焦慮和反省。

習慣了「單打獨鬥」，習慣了按自己的策略生活和發展的我看似有主見，但在很多事情面前迷茫依舊。二十二歲這年是我比較偷懶的一年，因為處於某一種舒適圈，很多東西看似來得容易，一個接一個，都沒有給我任何逼迫或是缺乏的感覺，讓初入社會的年輕小孩容易輕敵，面對自己的人生太過於心高氣傲，把所有的野心在前幾步就花光。

二十二歲這一年感覺自己不像二十一歲時那麼大步向前，無所畏懼。反而像是停留在原地，拍拍身上跌倒時沾染的灰塵，順便打了個盹休息了一會兒，準備摸著自己的天花板上路，並且要面對人生前路的無盡分岔。

這一年多的是反省以及思考反省過後的策略。

我得到的是什麼呢？是一些自己認為珍貴但易碎的東西，照例與大家分享。

◆「得學會接受一個事實：沒有人能時刻做好人。」

我曾經聽過一句話：「如果你在一個人的故事裡成為好人，那你在另一個人的故事裡會是壞人。」

越長大我們越容易陷入某種「兩難」境地，因為世界很複雜，人心也是如此，若拿著扁平的標準去衡量立體的事物，只會讓自己越來越困惑。

成長意味著我們拿著一把兩邊是刃的匕首，只能刺向一個方向，是「傷害」他人以求自保？還是犧牲自我來保護他人？

當我們只能在委屈別人和委屈自我裡選擇一個時，我們認知裡的善良必然會受到挑戰，我們必然會陷入自我的折磨。

理解世界的遊戲規則，面對一切盡量透過公平競爭去取得。選擇自己認為對的，然後自負盈虧。

不用執著於「我這樣做了會變成什麼樣的人」，在我們可控的範圍內降低傷害已是萬幸。人的陰暗面雖然可怕，但也平常。

理解人的複雜多面，真心本就瞬息萬變。

◆「在艱難的時刻不如側身而行，偶爾彎腰也可以。」

接下來也會是大環境較為低迷的一年，周圍很多做好創業準備的朋友都打算收拾收拾回去上班了。身為一個暫時的自由職業者，我非常理解他們，理解的同時也瑟瑟發抖。自由的代價就是當大環境（市場）波動的時候首當其衝，沒人保護我，我就坐在浪尖上第一個被晃蕩出去。

我說的就是關於錢。說實話今年看到年度收支帳單的時候嚇了一跳，也不知道自己去年什麼時候賺了這麼多錢，也不知道自己是花在了哪裡，但花掉了就是花掉了，享受過了，就得承擔帶來的所有風險。

今年需要學習節儉，所以我早就做好了消費「降級」的準備，很少走入星巴克，用7-11第二杯半價的美式咖啡來代替。覺得自己得收起一些無用的矯情，冬天來了就要過冬，躲在房子裡看書也挺好。

我以前很害怕集體性的艱難時刻，後來才慢慢適應，其實相較於一個人默默地崩潰，大家一起崩潰、低迷，有時候反倒不會太慘，這是一種被稀釋的悲觀：「反正大家都這樣，也沒必要那麼焦慮，做好自己就行囉。」

側身而行，指的是需要走得慢一點，腳步輕一些，即使需要彎腰低頭也沒關係。大環境低迷時是學習和累積的好時候，有自己的節奏，比什麼都重要。

◆「此刻即未來。」

得出這句結論讓我感到有些沮喪，這意味著身為一個有些追求、對個人成就較為偏執的人，我是無法心平氣和地一直在家裡休息了。

我一直感謝幾年前不明所以地什麼都嘗試、什麼都不怕的自己，才讓我今天有了那麼一些信心和談論的話題，做事情的時候輕鬆、順利了那麼一點。

在驕傲的同時焦慮一點都不會少，因為這就意味著，如果想讓人生持續保持前進的姿態，就必須做好當下所有選擇的事情。

我們現在所做的所有事情都會引起質變，想要達成一個目標就必然免不了乏味的重複和突破舒適圈的痛苦以及獨自練習的孤獨。現在承擔的每一份重量都是在為未來某個時刻減輕負擔。

人生環環相扣，對此我毫不懷疑。

◆「謹慎地面對一切可以快速有回報的事物，捷徑有時候意味著提前透支。」

上次我出差外地時和大力吃了個飯，她一直開玩笑說很希望自己今年三十歲，二十歲出頭的時候是踏踏實實兢兢業業努力工作過來了，二十八九歲的時候經營了社群專頁，生活一下子變好，也會滿足於這樣的生活升級。

她擔心過早碰上的好運氣會讓人提前消耗靈氣和天賦，被快速的成功捧起來，又要獨自收拾紅利過後漫長的失落。

我完全理解她的意思，我也會特別謹慎地面對所有「快速取得結果和成績」的事情。快錢賺多了，快速地取得了一些小小的成績，人就容易心高氣傲起來，高估自己，低估生活，並且把一切事物都想得簡單。

博主 @罐頭辰關於KOL有一段言論：「KOL們，或是誤打誤撞，或是個人機遇加上努力，或是家庭與關係帶來的資源，甚至是以上的條件兼有之，讓你們和最底層的老百姓拉開了生活條件的差距，甚至有人以此作為跳板實現了階級跨越。」

一直很幸運，在很年輕的時候就偶然碰到了一些機會，讓我覺得自己和其他人的生活不太一樣，雖然並沒有賺到什麼大錢或者大的名氣，但給我自己帶來了非常多的改變：自信心、表達能力、機遇、眼界或者說生活水準的提高。

人很容易將其他事物的光芒誤認為是自身的光芒，這是必須時刻反省和掂量的事情。我們需要搞清楚腳下是自己親自壘砌的磚，還是時代和市場帶來的短暫泡沫，不要等到泡沫爆炸，從自以為的虛幻高度跌落時才開始慌張。

我認可罐頭辰的觀點：「KOL這個身分只是一個跳板，可以用它來換取一些資源，做自己喜歡、擅長、實現理想的事情，而非把它作為職業本身。」

還是得把最終目的放在自我的累積和提高上，人不能只靠風口和運氣活著。特長不是天賦，是堅持不懈地練習和打磨的結果。

我想把那種被別人甚至自己都定義為「運氣」的東西變成名副其實的一場交易，因為很公平。

◆「有相對穩定的資訊來源，與欣賞的人比肩而立。」

我有幸參加過一些奇怪但好玩的活動，見到了一些網紅與業內KOL，了解過一些行業模式，對眼前所見的完美人設都會習慣性地保持距離。

年輕的時候對「價值觀」有強烈的需求，因為表達能力趕不上表達欲，而自身並沒有形成完整的思辨系統，於是很容易追隨或者崇拜某人，很容易誤把他人當信仰。

之前看采銅老師的社群專頁裡有一段文字：「一個人走完一生都要經過一重又一重的關隘，大多數時候我們是孤身一人，縱身一躍。」其實絕大部分的人對另外一個人的價值觀並沒有那麼多的好奇心，僅僅是因為他們陷入某種迷茫的境地，需要一份「參考答案」。人們關注的還是與自身利益切實相關的東西。

我是一個對他人缺少好奇心的人，一直以來也覺得「事不關己」沒什麼問題，現在才覺得其實這樣也不太好。人是所有奇妙的源頭，如果有一個較為相信且願意追隨的人是一件很幸福的事情，因為對人的好奇心會推動我們嘗試並且了解一個之前並不屬於我們的世界。

在某一段時間內，關注幾個你認可的人（看書、看電影、聽講座、交朋友，關注社群專頁都算），看一看他人的思想動態，比對和學習，在追隨裡獲得更新自我的能量。不過需要保持一種健康的距離，**任何最好的關係，都是平等且可以交談的，換而言之，比肩而立。**

◆「我所理解的浪漫：在平凡短暫的生命裡相信對自己而言的永恆。」

二十二歲的時候，人生出現了一些小的轉折，遇到了一些人和機會，讓我打量起自己的未來，忍不住刻薄，又忍不住溫柔。

刻薄在於，我知道生活很艱難，無能為力的事情很多，我還很年輕，但我沒有時間矯情，因此過多的情緒化在自己看來都是可笑的。

溫柔在於，好像建立起了自己的價值觀堡壘，做的每一個選擇或許在外人看起來不合時宜、不正確或不划算，但都能在自己的世界裡得到合理且清晰的解釋。

我常常被一些人說過於「理想主義」，又被另外一些人評價為「可怕的理性」，可能這兩種特質我都有吧，它們並存於我身上，讓我擁有更豐富的側面，在面對這個讓人無奈的世界時還有一份對自己而言的熱烈。

我是一個追求浪漫的女孩，對我來說，浪漫其實是一種私人的可能性，是唯心的、超出常理的，我相信它是平凡短暫的生命裡存在的永恆。

03

向內的勘探即將結束，我也該重新對世界懷著某種好奇心。

對於二十二歲，我也沒什麼想說的了，既然已經平穩降落在二十三歲，我感謝自己有能力一如既往地做著自己喜歡的事情。

那個紋身，或許會在未來的某一天落在我的手臂上，因為它對於我而言不僅是一句歌詞。我沒有告訴那個女孩，我的櫻桃美酒、迷迭香和百里草到底意味著什麼——

My cherries and wine, rosemary and thyme.

（愛情的）甜蜜、（創造的）靈感、（之於自己的）忠誠與（面對生活的）勇氣。這是二十二歲時憧憬的東西，我應該用一生去擁有。

大學裡總要經歷兩次內心崩潰

01

這幾天忙著第二款周邊商品亂七八糟的瑣事，加上忽然的出差任務打亂了計畫，凌晨一點多的時候我才好不容易鑽進被窩。初春南方的室內空氣冰冷，我手腳微涼，戴著拋棄式發熱眼罩，希望借助那點溫暖快速放下手機睡去。

手機在枕邊嗡嗡作響，以為是工作上的缺漏，我趕緊拿起手機閱讀訊息，是讀者半夜發來了私訊。

那個女孩子用不帶邏輯的文

字把自己貶損到體無完膚之後，把所有的失望情緒都傾瀉在了我這個陌生人的手機上。她說自己一個人在宿舍的被窩裡偷偷哭，打完這些字之後，臉上剛塗的乳液都哭掉了。

我猜她明天早上一定還會按時起床，帶著微微紅腫的眼睛獨自去上課，避開人群，塞著耳機，就這樣一個人走著。別人問她怎麼了，她會微微笑著說沒事，沒睡好。

對於昨晚的難過，她什麼都不會說。

02

我沒有回覆她，因為我不知道該怎麼說，於是關上手機閉著眼睛躺著。我好像做夢了，夢到自己走在我大學時宿舍通往教學大樓的那一條長長的柏油路上，去超商買個三角飯糰加一罐咖啡，穿過宿舍大樓的鐵門，路過那些山茶花樹，踩著陽光底下映著斑駁的影子的磚塊，塞著耳機，夾著日程手帳和書，背著包包去圖書館自習。

最寂寞的那段時間，我聽 Lana Del Rey 和 Leonard Cohen 的歌，有時候也會聽 Agnes Obel，他們的聲音讓我放鬆，有時候會讓我減少一些焦慮。

大一、大二的時候，我常常坐在第二排或者第三排最左邊的位置，那樣離黑板不會太近，也不會太遠，可以和老師互動，也可以偷偷玩手機、看閒書。

很多時候，我的左右並沒有其他同學，我的其他三個室友坐在一起，剛開始我會覺得這樣有些奇怪，被人看見不太好吧，後來也習慣了。上課嘛，一個人的事情。不過老師說要分組討論的時候我也會有些不安，畢竟我常常需要臨時找人同組才能避免落單的尷尬，好在那時候班上同學待我不薄，總會主動問我要不要加入他們。

失去了幾個人的情誼，換來了其他人的善意，現在想想也挺不錯。

這些平常不過的場景曾日復一日地出現，如今閉上眼睛我依然可以清晰地記得。因為那時候的我看上去表面很平靜、淡定，甚至給人活潑開朗的印象，內心卻常常陷入一種自卑、迷茫和手足無措的悲傷。

這樣說可能有點矯情，但我想大多數人會明白。

進入新環境，遇到新的人，我們開始用新的事物來反觀自己，忽然發現這個自己是如此不好，就像那個女孩的「自我控訴」：

「覺得自己越來越孤獨，開心的門檻變得好高，覺得自己屬於那種不喜歡、不討厭也不知道自己想要什麼的人，遇到事情總是搖擺不定，覺得自己一無所長，平庸至極，不會唱歌不會畫畫不會跳舞，沒有什麼可驕傲的東西。

「希望得到關注，但目光聚焦在自己身上的時候又會感到不自在。不好意思向爸媽要生活費，感覺自己成長的速度趕不上他們老去的速度，但又賺不到那麼多錢，很多時候只能憋著哭，還不能哭出聲。」

自我但又找不到解決辦法，於是開始慌亂，於是手足無措，於是被種種壓力逼到某個境地，內心無處求解，在外界無從找到發洩的地方。內外都堵塞的時候，內心便開始崩塌。

03

我很能理解她。

因為我大學裡經歷過兩次「崩潰」，說得好聽點，叫作「打破了對自己的固有認知」。

第一次崩潰來自失敗的人際關係，一段失敗的寢室關係直接讓我重新解剖了自己，然後用一年的時間把所有濕漉漉的心情洗滌晾曬乾淨。

具體的事情一些老讀者應該知道，我不加贅述，總之是關於寢室內的失和，讓我在一段或被動或主動的孤立狀態裡釐清了自己的思緒：

「個體與集體的關係究竟應該如何？我是否需要違背自己的直覺和脾性，維持關係的穩定？」

沒有人和我站在一起的時候，如果我覺得我是對的，那我只能和我自己站在一起。

第二次的崩潰來自自己的軟弱，其實是很具體的事情（這樣說來竟有些好笑），那時候我們學校的電臺正在徵求新一批的幹部，其實我是對電臺抱有巨大熱情的人，但我害怕去甄選，因為我非常害怕與人產生衝突，即使是競爭關係都讓我非常不舒服。

但不服輸的性格又不允許自己一直待在原地毫無作為。糾結再三，我放棄一切，開始做自己的事情。

後來我就開了社群專頁，做了Podcast，做了許許多多我以為我做不到的事情，這些東西看起來讓人（包括我自己）有一種我過得很好的錯覺，但只有自己知道，拿Gap Year換按部就班地讀書，拿自由職業換找穩定工作，其實我是在鋌而走險：

一步一步地把自己推出軌道，一步一步地在開墾裡發現自己其實就是一個需要生活在「規則」之外的人。

規則是什麼？規則有時候不是正確的代名詞，而是大部分人選擇的集合。我們其實不一定要活在規則之內，我們可以建立自己的規則。

但這個過程很辛苦，因為我們不僅要抵抗種種變數，還需要克服「違背規則」帶來的壓力和心虛。

04

為什麼要這樣做呢？

「沒有為什麼。因為我就是這樣的人啊。」

能夠坦然地為自己所有的選擇做出合理的解釋，其實是非常難的事情。

我在大學的時候做不到這些，我反覆猶豫，反覆地在想我是不是錯了，我是不是有問題，我是不是應該按照他們希望的樣子生活著。

我發現我做不到。

那就承擔這個選擇帶來的一切未知變數吧。

想起有一次和朋友去逛圓明園，我們坐在湖邊的石凳上曬太陽，幾隻患有眼疾的流浪貓在草坪上打滾、小跑，我們並排坐著，望著遠處的住宅頂樓發呆。她說：

「維安，你是一個在大學裡忽然自我意識爆棚的人。而我是到了大學畢業才忽然意識到自我的存在。」

我望著遠處的雲，瞇著眼睛思索「自我意識」這個詞。

「對，」我說，「是這樣的。」

05

前幾天在一個知名網站看到網友愚小姐的一段話：

「我們或早或晚都將有意識地察覺到自我的存在，我覺得它是我們在生命旅程中不斷發現自我。

「成為真實的自我而邁出的第一步，是我們第一次願意接納自己與別人的不同，願意在自我與集體衝突的時候，跟從自己真實感受而選擇的力量。」

就像山本耀司那句廣為流傳的「自我」定義：

「『自己』這個東西是看不見的，撞上一些別的什麼，反彈回來，才會了解『自己』。所以，跟很強的東西、可怕的東西、水準很高的東西相碰撞，然後才知道『自己』是什麼，這才是自我。」

大學階段是很神奇的四年，每個人都可能在這段時間遇到一些事情，是具體的人或事物，他們或許不會驚豔，甚至讓你痛苦和糾結，但一定可以幫你了解你自己是誰，你需要什麼，你要往哪裡走。

如果沒有企圖出逃的野心，我們可能從來沒有意識到那條捆綁我們的繩子的存在。

那條繩子一直在那裡，一定有一些時刻被我們無意中碰到，最開始我們會隱隱覺得不舒服，後來覺得癢癢的，再後來勒得我們有些疼，直到最後，會有窒息的感覺。

要麼選擇做一個從未意識到繩子存在的人，要麼去剪斷它，與他們對抗。

內心的崩潰不可怕，真的，崩潰其實是一種新的開始。

你在重建自己。

我想在所有人告訴你該如何往前奔跑的時候，
提醒你停下來看看自己，
不要變成你討厭的樣子。

不要隨隨便便地愛上一個人，也不要隨便放棄一段感情。
真誠地對待你選擇的人，
但是在愛人的同時不要放棄自己的生活。

要記住，你永遠有著追求自己所愛的權利，
不需要讓「成爲誰」或者「超過誰」變成你前進的理由。

最好帶著一點點野心，
這個詞或許你現在看來有點尖銳和囂張，
但隨著你漸漸成長會發現這是一個弱肉強食的世界，
你需要去爭取，去靠實力說話，
即使一句話都沒說，別人也能看見你。

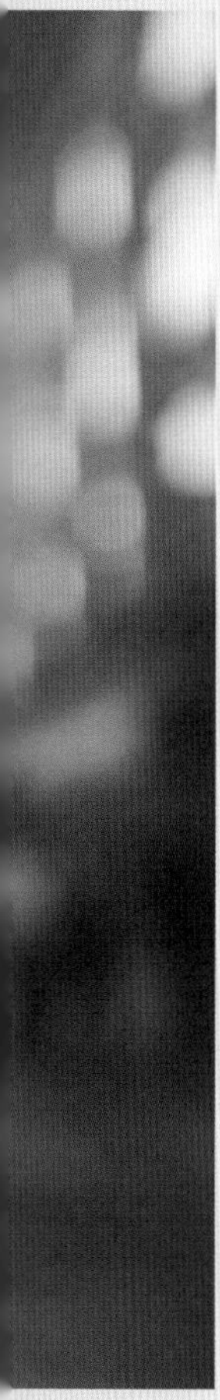

保留一些自己的定力，
在慣性和麻木中多一些清醒。
不要總爲了成就別人而奉獻自己，
卻忘記自己也有發號施令的權利。

Part 2

生活中，偶爾出走的權利

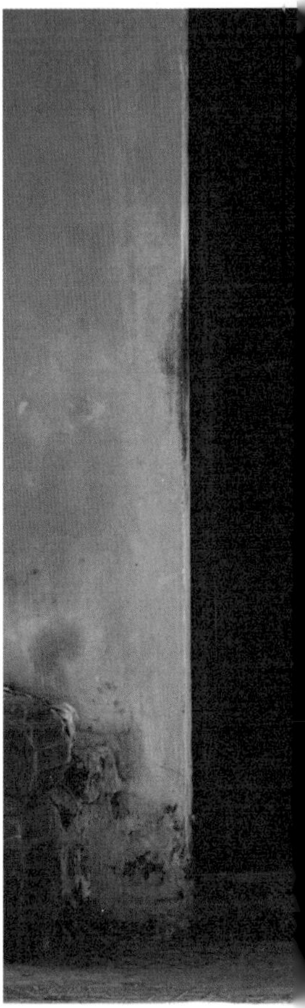

舒適圈內放不下靈魂，舒適圈外容不下肉身

01

閒來看蔡瀾先生的社群專頁，被一則熱門問答逗笑：

網友問：「如何走出舒適圈？」

蔡瀾先生反問：「為何？」

如果有一個人說自己「要努力走出自己的舒適圈」，我們大概不會感到詫異。

這句話不知道從什麼時候開始流行起來，就像「努力努力再努力」一樣成了一句自我勉勵的口號，滿滿的正能量。

「走出舒適圈」這五個字在

字面上給我們一種突破的快感——脫離循規蹈矩，不再原地踏步，彷彿進入了新的人生境界。

但是仔細琢磨一下，又覺得好像哪裡有些不對……

既然舒適，為什麼要走出來呢？難道人生的目標在於不斷自虐，不斷給自己找麻煩？

我在SNS上和讀者討論，眾說紛紜，各自有理又模模糊糊，這引發了我的一些思考：到底要如何理解「舒適圈」？走出舒適圈之後該去哪兒？

02

教育學裡的「舒適圈理論」是指：

「人長久待在舒服的環境下，會因為生活安逸而不想動腦筋；但若把人帶到比較險惡的環境，人經歷了挑戰和痛苦之後，反而會變得成熟。」

我反覆讀了好幾遍，驚喜地發現，這句話像極了高中國文課本裡的「中心思想概括」：武斷、極端、犧牲了現實生活的複雜性，且不符合常理——

如果可以一直生活安逸，誰願意到險惡的環境中去？如果可以一直舒服，為什麼要經歷痛苦？

與很多讀者交流過之後，我試圖去解釋那種「有福不享」的矛盾態度：

很多人想要逃離舒適圈，或許是因為他們最開始的焦慮和緊迫感已經過去，需要新的挑戰機遇讓自己恢復活力。

身體上沒那麼辛苦了，但心理上又隱隱不甘心。

一方面享受目前做事得心應手的狀態，一方面又對他人的成功感到羨慕，覺得自己也配得上更好的。

03

身邊這樣的人太多了。

一個比我大幾歲的姐姐回家鄉過年時和大家閒聊，她高中有個同學是軍醫，畢業後分配到某個比較清閒的單位，工作兩三年，存了幾十萬，也有房子，一年有幾十天有薪休假，一星期只接待不超過十個病人，工作壓力並不大。

二十六七歲，生活壓力不大，工作體面，大家都十分羨慕，這個軍醫今年卻打算辭職考研究所，以後去地方醫院工作。大家勸他不要想不開，這樣的生活哪裡找，但他吐槽自己是勞碌命，太悠閒了沒什麼幹勁，想要嘗試一下其他領域的工作，重新開始自己的人生。

姐姐想勸他冷靜，哪一行都是圍城，外面的人看看熱鬧覺得光鮮有趣，只有身處其中的人才知道箇中無奈、忙碌和失落。

但話還沒說出口，同學就說自己已經辭職：「辭職了才能義無反顧，沒有退路。」不是誰都能像他一樣有勇氣自絕後路的，如果把舒適圈比喻為海中孤島，更多的人面對波濤，卻遲遲沒有縱身一躍的勇氣。

這個人跳下去了，之前的經歷給了他一些勇氣，他乘著自己的小船往海岸划去，可什麼時候才是盡頭呢？什麼時候會找到那一片新的島嶼呢？

沒有人知道。或許他自己也不知道。

另外一個老同學，高中畢業後就去美國讀建築系，她大學的時候就開始自己賺錢旅行、拍照，留下了很多自己的攝影作品，在自己的朋友圈裡也小有名氣。

周圍的外國朋友結婚、畢業、辦派對時總愛請她來幫忙拍照，也時常建議她去做一個專職的獨立攝影師。

「我會擔心，如果喜歡的事情變成了職業，就會變得可怕起來。」相比起專業工作上不喜歡也不討厭的事務，攝影是真正能夠讓她興奮起來的東西，但她在熱情面前很冷靜：

如果當一個職業攝影師，憑我現在的能力，我能夠養活自己嗎？

如果我現在投身另外一個領域，我以前讀的書、花費的時間和金錢是否浪費了？

如果我真的把攝影變成了自己的工作，我還會喜歡攝影嗎？

思來想去，最後她決定還是按部就班地先工作賺錢、考研究所，繼續和自己的愛好保持「一定的距離」。

因為現在剛畢業的她，剛剛拿到一份還不錯的工作，貌似沒有勇氣打破花了好幾年建立起來的人際關係網和生活學習方式。

她想要再等一等。

05

他們的糾結或許是大部分人的糾結。

精神上想要更進一步，肉身卻被很多實際的東西牽絆住了。

不是每一個人都能夠像那個軍醫一樣背水一戰。大部分的人面對遙遠的夢想時漸漸顯得小心謹慎，越來越會計算代價。

畢竟長到一定的年歲就會發現，大部分的人或許不能光靠野心和欲望活著。

真是為難。舒適圈內放不下靈魂，舒適圈外容不下肉身。

到底還有沒有另外一種可能性？

或許舒適圈最舒適的部分，不是圈內，也不是圈外，恰恰是在兩者之間。

你不一定非要逼迫自己走出去，只需要在舒適圈的邊緣瘋狂地試探，慢慢地將它擴

大即可。

找到自己短期和相對長期的目標、找到適合自己的生活和學習節奏（方式），大部分時間在自己已有的領域裡深耕，偶爾探出頭去看看周圍人的進度。

「一邊珍惜和精進已有的，偶爾嘗嘗鮮也不錯。」

這是適合大多數人的生存策略，一種相對安全的瘋狂方式。只不過兩者之間的比例如何調配就需要看自己了。

生活沒有絕對的舒適和絕對的不舒適，如何選擇並調配好自己「舒適和不舒適」的比重，找到讓自己身體忙起來但心可以沉下去的那個平衡點是很重要的。

雖然這一切都有些理想化了，但我依然覺得是可以做到的。

當你知道自己是誰、該去哪裡、該做什麼的時候，圈裡圈外，還重要嗎？

大家都想賺錢，我更想賺眼界

01

這幾天學校舉辦徵才活動，影印店每晚擠滿了人，隊伍排到了大街上。店員列印出花花綠綠的履歷，上面印著高度精修過的證件照和詳細分析的個人介紹。一張又一張樣版履歷，把學生的經歷都濃縮在了一張紙上，被畢恭畢敬地交給某一個人：

「您好，這是我的履歷，希望您給我一次機會。」

徵才活動上搭起了各色的折疊帳篷，HR們坐在桌前愁眉緊鎖，排著隊等待的學生們一個接一個地走進簡易的「未來大門」。

門外掛著的是各個公司巨大的宣傳看板，不多廢話，坦蕩地把最有吸引力的條件一一攤開：

「年薪××萬……」

「福利休假……」

我陪著同學左逛右逛，感覺來到了相親會現場。拿著履歷的大學生們彷彿急著把自己嫁出去的剩女（男），反覆掂量著手頭的籌碼，小心翼翼地試探對方的條件。

雖然彼此還不了解，卻要匆匆把未來給定下來。

02

我倆匆匆逃離徵才現場，同學說起一個朋友的故事。朋友還沒畢業時就被大城市的一所學校簽約下來當老師，年薪雖然並不低，可在那樣一個發展迅速、外來人口密集的大城市，這樣的報酬並不可觀，一個女孩子還會面臨著離鄉背井的孤獨和風險。

朋友猶豫了，要不要去呢？留在家鄉依然可以找到好的工作，薪酬不低，生活優渥。反覆衡量之後，她覺得留在家裡的投資報酬率更高，可以得到更多的錢，還穩定，有人照顧，於是準備退而求穩定。

朋友決定之前問我同學的意見。同學把這件事情轉述給媽媽聽，本以為是保守派的媽媽卻批評了她們一番：「你們年紀輕輕的怎麼就這麼怕吃苦？出去的機會多難得啊？我支持她去大城市，長長見識，見見世面。年輕時窮一點又怎麼樣？」

同學忽然感嘆：「我媽都快五十歲了，怎麼比我們都有勇氣呢？」

的確，上一輩人的世界裡多的是抓著兩千塊錢就到外地去打拚的傳奇，他們之中縱使有很多人最終沒有完成年輕時的夢想，中年時選擇安逸穩定，成了年輕人眼裡那些得過且過的人，但他們依然在一定的領域裡小有成就。他們今天所擁有的一切，絕不是當年退而求其次就換得來的。

相比之下，現在的人彷彿是被金錢驅動著，有時候為了賺錢，失去了眼界。

有錢很重要。有眼界是為了讓你知道，怎麼賺錢，怎麼花錢，怎麼把錢花在有意義的地方，世界上有沒有比有錢更讓自己快樂的事情。

很難說清楚，到底是先有眼界才有錢？還是先有錢再有眼界？但我一直覺得年輕的時候比脫「貧」更重要的是脫「平」，即「脫離平庸」。

平庸是一個貶義詞，但平凡不是。**平凡是中性詞，是一種選擇，但平庸可不是一個好詞，意味著沒有特色。沒有特色的結果就是，見到對自己來說稍微有些特別的東西就會輕易被吸引，就像一種沒有「重心」的生活，外界稍微煽動一下，就感動得熱淚盈眶。**

03

我看《東京一年》的時候被蔣方舟的一句話逗笑了：「並不清貧的獨身女學生，真是一種最理想的生活了。」

我順手就發在SNS上。有同學在下面笑我：「可不是嘛，要錢又要自由。」

這大概真的是貪心吧，但我的確就是一個貪心的人啊。在我存到了人生中的第一桶金時，我就開始計畫著要如何花掉，並且花在對我今後的人生更有意義的地方：

一次完整的旅行、一門全新領域的課程、一組之前一直捨不得買的設備，或者一次可以和仰慕的前輩相處溝通的機會……

名牌的包包、鞋子和口紅，或是稱得上奢侈的化妝品，只會出現在消費金字塔的頂端，甚至不會出現，因為對於現在的我來說，沒有這些，也可以活得很好。

那些告訴你努力賺錢是為了買包、買化妝品，買買買的ＫＯＬ當然不用對你的人生負責，她們只是站在她們的角度闡述或真誠或別有用心的觀點。她們說得沒錯，反正也不用對你的人生負責。可是是否相信，就是你自己的事情了。

女孩子賺錢養活自己，並且把自己養得驕傲又美好，的確是很棒的事情。

可是生活真的是一款包包、一支口紅就能治癒的嗎？

當你對「不要在出租屋裡哭，不要在地鐵上哭，不要在便利商店裡吃著便當哭，要去紐約、巴黎、東京、米蘭哭，要拎著大包小包的名牌購物袋哭」深信不疑的時候，你有沒有想過：**到底是什麼讓我哭，我可不可以不哭？**

如果錢是最好的止痛藥，那我們有沒有方法直接避開那些本不需要經歷的疼痛，並且把錢花在更需要的地方。錦上添花豈不是更好？

「眼界」這件事情是錢堆出來的嗎？我看未必。這可不一定是報了歐洲X國遊，美其名曰「看世界」，不是在什麼名人參與的峰會然後正襟危坐，以為自己參與了關乎人類命運的重大命題，也不是站在城市高層的飯店裡，看著霓虹燈閃爍的城市，喝著紅酒聽著爵士樂，以為上流生活不過如此。

和朋友Neon聊天，這個女生此前在中東做過志工，在埃及、約旦、以色列待了一個多月，回來之後整個人瘦了、黑了，但眼睛裡有了某種光亮。我很喜歡和她聊天，聊的不僅僅是國外那些珍饈華服，或者昂貴的度假飯店，她可是一個窮到要吃餅乾度日的「落魄戶」，在難民營裡陪著孩子們玩遊戲。

我們倆聊天的時候也經常搞不清楚這個牌子的包和那個牌子的有什麼區別，我還常常請教她如何畫眉毛，她比劃了半天說：「其實我也不會啦。」然後哈哈大笑。

和這樣的人在一起，會覺得自己眼前所見的世界還是太窄，手頭就算拿著一個名牌包包，也有些怯意。

我想這就是眼界的不同。**眼界不僅僅是「往上看」，還包括「往下看」、「往外看」和「往裡看」。**眼界不僅僅是指見過多麼高大上的奢華世界，在優渥生活環境中坦然處之，還包含著對苦難的悲憫，對外界的包容和探索，以對自己的清晰認知。

眼界其實是我們的心界。

我認同蔣方舟的觀點，「眼前的苟且」和「詩和遠方」是一對虛假的對立，兩者其實密不可分，你中有我我中有你。有錢並不能讓我們脫離眼前的瑣碎日常。錢可以解決很多煩惱，但錢依舊解救不了你。

05

其實成長就如同築一道牆，是一個始於塵土，逐漸將自己拔高的過程，必須一層一層地累積，一塊磚都不落下，才可以穩固而持續地向上建造。

二十幾歲是一個自我完善和搭建並且查缺補漏的過程，這一面牆縱使樸素了些，但只要穩固，就有未來。只不過有的人在牆還有很多大窟窿的時候就急忙去粉刷和裝飾。如果有一天這道牆忽然倒塌，他們是沒有能力挽救的。

這道牆其實就是我們自己保護珍視的東西的能力，用以抵禦生命中的種種不測。

年輕時不要害怕外表的窘迫，更何況大部分情況下這些所謂的落差是臆想出來的，是被外界價值觀包夾之後對自身需求的忘卻。

沒有核心、無聊又膽怯的年輕人，是沒有未來的。

爲生活加一點刺激

01

去找學姐玩，我順道去劇場又看了一次《戀愛的犀牛》。

一年多前，我在其他地方看過這一部所謂「戀愛聖經」，懵懵懂懂，印象並不深刻。這一次坐的位置相對靠前，也看得更認真。看完之後竟覺得自慚形穢。

犀牛的視力很差，看不清東西，橫衝直撞，就如同戀愛中人一樣盲目偏執，所以舞臺劇的名字大概是指「戀愛中的人猶如犀牛一樣盲目」。

有朋友問我這部劇講的是什

麼，我想了想，告訴她：「總結起來就是，一個偏執狂備胎男主角一廂情願地要對女主角好，一個天使面孔婊子心腸的天真女主角忘不了舊愛，死也不接受男主角。」

朋友說：「是部喜劇？」

「這難道一聽不就是悲劇嗎？」

她回：「可我怎麼覺得那麼好笑呢？」

聽她這麼一說，我忽然也覺得蠻好笑的（雖然我還差點看到哭了），大概這部舞台劇好笑就好笑在到後面誰都沒有妥協，沒有大團圓，白騙了那麼多人的錢和眼淚。

女主角明明為什麼那麼傻啊，有一個對她這麼好的男人，但她不要。

男主角馬路為什麼這麼傻啊，滿大街都是美女，偏偏糾纏一個不愛他的女人。

現實生活中可能像明明這樣的人有很多，像馬路這樣的人卻很難找。大概這就是一群普通人願意掏錢花時間從四面八方趕過來看別人表演愛情壯烈犧牲的原因吧。就像去動物園參觀稀有動物一般，參觀一下這樣稀有的愛情，誰叫這在如今已不多見。

看完過後我就一直在想，為什麼我周圍人中少有這樣談戀愛的，少有這種「非他不可」的，少有那種說出「忘掉是一般人能做的唯一的事情，可是，我決定不忘掉」的人呢？

這種浪漫的偏執，奮不顧身的英勇，為了一個人一個夢想拚盡全力在所不辭的狀態，在很多人身上好像消失了。

很多人年紀輕輕，卻懶得去愛了。明明人生剛剛開始，便懶得與夢想抗爭了。或許他們會辯解：「這也不能怪我啊，這個時代就是這樣，大部分人就是這樣的。」

時代的氣質是個人的選擇的總和，每個個體造就了整體的大環境。批評一切的時候，卻從不肯從自己開刀，反而覺得自己是受害者。

02

我媽說我從小就是一個寵辱不驚的人，更確切地說，是對於壞的事情敏感得要死，對於好的事情卻沒太大反應的人，不太容易感到滿足和快樂。她說印象中唯一讓我連著興奮兩個星期的事情大概就是學校舉辦的校外教學。

這個特徵一直持續到現在。有很長一段時間我還有點引以為豪，最近漸漸覺得有點不對勁了。每天各種各樣的事情交織出現，有關生活的、學習的、感情的，或者無關緊要的，都商量好了似的一起湧入我的生活，我就像一個捕手，日夜不停地接著外界向我扔來的棒球。

有的打得很好，有的錯過了，有的勉勉強強接住了。在這種高效率完成任務的狀態背後，肌肉的靈活度遠超過大腦。我每天關心的不是「我想做什麼」和「我開心嗎」，而是「事情做完了嗎」和「我該怎樣更快地做完」。

一個接一個的比賽（縱使這不是我本意），一個接一個的活動邀請（也是礙於同學的情分），一個接著一個的日常麻煩（突如其來）忽然之間向我湧來，還不允許我拋回去。

我不善於拒絕，只好硬著頭皮接著，硬著頭皮完成，然後再忙下一件事情。雖然這些比賽啊活動啊對我來說是很好的表現機會，讓我獲得了一些獎，貼上一些所謂的標籤，但興奮來得快的東西厭倦來得也快。我越來越覺得時光寶貴，寧願在圖書館泡著或者出去隨便逛逛當個沒用的渾蛋，也不想只是這樣與生活見招拆招，在完成一個又一個任務的過程中忘記了一切的開始。

我有個朋友，前段時間和他視訊，他一臉憔悴的樣子，問及原因，坦言學生會主席這個頭銜讓他又喜又憂。每天在與校長和老師的交涉中打轉，偶爾還因為一些這樣那樣的問題四處碰壁，其實自己很想做好一些事情，計畫了半年多的活動遲遲辦不起來，因為根本沒有時間，能把手頭的事情完成已經是萬幸。

大一的時候他不是這樣的。他是一個很樸實、很真誠、很理想主義的單純男孩子。縱使他常常覺得自己身不由己，變成一個圓滑世故的人，他也很討厭這一點。可是他沒有辦法，誰叫環境是這個樣子，誰叫他已經沒有後悔的路了呢？除了扛下去，只能扛下去。

他還是原來的那個他，只不過外在的焦慮和壓力暫且掩埋掉了他自己內心的聲音。所以他只能先把一個一個鍋背完，一杯一杯酒敬完，在四下無人的時候才得以反觀內在的熾熱之心。

04

越來越多的年輕人成了精緻而美麗的膽小鬼。他們精明，在任何事情面前先動算盤再動心；他們又很懶惰，善於自我安慰，對平庸生活有著適應力。縱使生活已經淡得像一杯水，也懶得去加一把茶葉。

所有的行動是出於外在的壓力，但大多是以經驗和技巧行事，無關創造和熱情，因為缺少了內在的欲望。

比如愛情，一個追求不到可以換一個追求，失去舞台劇中的那種偏執了，認為只要得到了愛情就好，有人陪，有性生活，有禮物就好，不在乎誰是誰的替代品。

比如夢想，一種生活追求不到就退而求其次，沒有那種再拚一下的偏執，認為只要能安穩生活就好，吃得起飯，買得起貴一點的包包，可以在親戚朋友面前有意無意地炫耀一下就好，不在乎自己曾經說過什麼蠢話。

這樣的人也在前進，只不過「怎樣走，走多遠」都走不出自自己的計畫，是在外界壓力地驅使下前行的。

做什麼事情都是無力的，或者說是被動的，害怕或者說懶得與他人扯上關係，工作也好、生活也好、愛情也好，都是如此。如果將其比喻為一種慢性病的話，那麼這種病是極易傳染的，特別是在我們這些二十出頭的人中感染率極高。

昨天和已經工作一兩年的學姐聊天，聽她說起每天加班熬夜，說起身體不好，說起工作環境的一些不如意，說起無力刻意經營的感情，我竟然有感同身受的無力。

雖然目前的工作從各方面看都還不錯，但她還是感嘆：「等我再做兩年現在的工作，就打算做自己喜歡的事情。」

我真開心她能夠這樣想，或許以後的日子還不如現在呢，但至少從這個出發點出發的人，對一切事物的熱情都是對生活的熱情演變而來的，是對明天有期待，是相信永恆的。

《平凡的世界》裡有一句話，「對於生活理想，應該像宗教徒對待宗教一樣充滿虔誠和熱情」。

我也一直在問自己為什麼越來越偏愛Lana Del Rey歌詞裡的愛情，偏愛《剃刀邊緣》裡的萊雷，對《戀愛的犀牛》裡的兩個瘋子等有些偏執情感的東西感興趣。大概是因為那些文學藝術作品裡有我沒有的品質，我是平庸的膽小鬼，我希望自己可以稍微危險一點。

我們是否已經「習慣於接住包袱」，忘記了內在真正的渴望的事情？是否真的只能做一個如此被動的個體？可不可以嘗試著放棄一些消耗我們的事情，遠離消耗我們感情或者心力的人？可不可以讓這樣內耗的生活有那麼一點點任性和改變？

在被生活的潮水推湧著向前時保留一些自己的定力，在慣性和麻木中多一些清醒，不要總為了完成別人的任務而把自己奉獻出去，然後忘記了自己本來也有對自己發號施令的權利。

「你要堅信，上天會厚待那些勇敢、堅強、多情的人。」

二十歲時
應該不會懂的道理

01

「I've missed me, too.」

昨晚我和我媽講了一通兩個多小時的電話，如果通話時間以小時為單位，多半是因為我遇到了麻煩。

和父母的距離越遠，反而覺得更親近。因為我們位於一個平等的位置，不會過度干預彼此的生活，又因曾以不同的視角打量著同一段重合的生活，因此多了很多可聊的東西。我忽然對孫女士（我媽）的生活產生了遙遠的好奇心，這基於對「媽媽」之外的她的另外一個身分的好奇。

孫女士今年四十八歲，幾年前在遙遠的美國開始了自己的新生活，大部分時間在家過家庭主婦的生活，偶爾去上英語課，和一群戴著頭巾的中東同學坐在一間教室裡回歸學生姿態，唸著並不深奧的英文單字，偶爾在電話裡聽到她與丈夫的交談片段，感慨我媽在語言學習上真的進步不大，沒什麼天賦。

但與之形成對比的是她的廚藝，進步速度只能以可怕形容，每次她秀給我看最近做的點心，我都很懷疑自己是否有基因缺陷。與此同時，她以現代女性養育子女的方式飼養著一隻叫作Booby的松鼠，不試圖豢養，也不過於親近，只是在Bobby來臨的時候準備相應的食物，並且觀察牠的變化和情緒。

02

我偶爾會與她討論各種問題，從社會事件到感情經歷，並且在吐槽男人這方面達成共識，但每次我應對起生活裡各種奇形怪狀的壓力，她都比我更為淡定，甚至會潑我冷水。電話兩頭常常無法同理，當我在為Gap Year接下來的計畫發愁、焦慮，在為自己加入新團體時無法融入和強烈的落差感到失落時，她並不試圖去安慰我——

「你得接受這種事情。等你讀完書回來，去找工作，還比別人大一歲，你還得經歷一次心理上的落差。」

從某種社會意義上來說，孫女士並不是都市菁英，也沒有什麼特殊的成功人士Title，只是一個逐漸讓自己愉快輕鬆起來的普通婦女，年輕的時候忙於從家庭矛盾中解脫、工作以及對我的獨立性培養，並未有過太多幸福、簡單的家庭生活體驗。

如今的她樂於接受所有命運的饋贈，並且在自己的位置上把生活過得有聲有色。所以就算是日常生活，也有新鮮感和嘗試的欲望。

相比我媽而言，我的人生才剛開始，可能性和造化都不缺乏，在覺得未來可期的同時，我也覺得惴惴不安，在某些認知上顯得自負、缺乏耐心和急於求成。我媽經常和我說的一句話是：「這些東西可能你現在二十多歲還不懂，但你不要試圖去搞懂它。搞懂了就把自己限制住了。」

看多了「二十多歲的年輕人應該懂的道理」之類的文章，甚至自己也曾以「過來人」的姿態寫過一些人生建議，她這樣一說讓我不覺有些羞赧，開始自我反思——有什麼是我們這個年紀的人應該懂不了的東西呢？

恰好那段時間在追情境喜劇《漫才梅索太太》第二季，看了五六集後覺得編劇是否更偏愛Midge那法式的母親Rose，在一部強調女性獨立意識的劇中她不論從顏值、姿態、行頭還是觀念，都完全不輸給看起來完美無缺的「梅索太太」，甚至更勝一籌。

第二季延續了Joel出軌之後的雞毛蒜皮，Midge和經紀人Susie依然籌畫著一場場巡演，原本是局外人的女主角的父母Rose與Abe忽然「撒糖」，圈粉無數。女兒鬧離婚，與丈夫鬧彆扭，這個看起來不苟言笑的中年女子忽然覺醒，決定要離家出走，留下一張便條紙就飛到了法國。

Abe領著Midge去法國找自己「離家出走」的老婆，以為她不過一時賭氣，過不了多久就會回家。這個平時生活極其講究，絕對不允許別人碰自己粉色香皂的婦人這會兒優雅依舊，不過換上了法式的毛呢鉛筆裙，撫摸著小狗，窩在沙發上抽著纖細的女士菸。

她居住的小公寓與紐約的大豪宅比起來寒酸逼迫，但她還是擺起了鮮花、紅酒，推開小窗，開始了自己新的生活——少女時期的Rose曾被送往巴黎學藝術，這是她學生時代住過的公寓。

這個任性的女人回到了自己的學生時代，那個自由、浪漫、熱烈，尚能指揮生活的歲月。

Abe對妻子的無理取鬧感到氣憤，Midge也對這樣的母親感到詫異，她勸母親：「I've missed you, mama.」

Rose夾著煙喃喃：「I've missed me, too.」

這一句臺詞的資訊量遠勝於字面，不僅是一個女人對過去生活的緬懷，也是一句即將重構新生活的宣言。

這讓我想到了前段時間讀到的一個相似的故事，作者李紅袖四十二歲的時候離開職場去留學，經歷了一年高強度的學生生活，她覺得自己最大的收穫是對「不確定性」不再敏感。

她從平凡的日常生活裡脫離出來，獲得了一段真空時間：「我不是誰的老媽，也不是誰的屬下，我只需要做好一個學生，回歸校園的日子真好啊，到處都是年輕的面孔，我理直氣壯地刷學生卡，享受學生折扣，假裝自己只有二十歲，這真是極其奢侈的一年。」

在生活裡浸淫已久，忽然冒出混濁的水面喘口氣，曬曬太陽，感覺自己面目一新。但這樣「獨處的時間，可以從容思考以前無暇細想的問題的時間」在一年之後匆匆收尾。

回國之後的李紅袖還得立刻面對虧損的股票、雞毛蒜皮的生活，一切夢幻泡沫般爆炸，生活還得接著建造。

這三個女人（女性角色）不斷交織著出現於我近期的生活中，啟發我對二十年之後的自己有了一些想像。其實她們的故事的結尾都沒有多麼精彩，也沒有什麼需要放鞭炮慶賀的人生巔峰時刻。

劇中的Rose在短暫的出走之後跟著丈夫回到紐約，但夫妻之間彼此和解，感情越來越濃烈，她甚至得到了去哥大藝術系旁聽的資格。

我媽在經歷人生起起落落之後回歸了家庭生活，並在與一個閃婚男人逐漸深入的交往中感受到了如她製作的雪花酥、藍莓派一般層次豐富、酸甜可口、屬於生活（或者說愛情）的滋味。

李紅袖回國後依然需要面對帳單和日復一日的平常生活，她依舊感謝自己曾被抽離出生活。

她們回到了原有的位置，好像和原來還是一樣，又好像完全不一樣，到底發生了什麼，或許只有她們自己知道。

四十多歲的女人們可能會有心意相通的感覺，對生活的無常感到默契，但二十多歲的我浮躁焦慮，一臉困惑。

04

「年輕的時候對於生活策略不需要懂太多，迷茫的時候去嘗試即可。」

這些或許都是二十多歲時不太能真正理解的東西，包括我所寫的這些也不過是一些自以為了解並試圖還原的「轉譯」。

在網際網路上，有很多同輩之人正在「教育」同輩之人，很多同輩之人正在接受同輩之人的「教育」，甚至盲目地相信對方。這是一件有些荒謬的事情。我也是這樣一個介於「教育他人」和「被他人教育」夾縫裡的人，偶爾會因為遇到一些生活上必然的挫折就灰心喪氣，急於找到一個萬全的道理——如何才可以讓自己的一生有趣、成功、充實。

而這個道理或許就是**「不要懂得」，讓「未知」填滿生命本身是更具有風險的事情，但失去「未知」的生活恰好是死掉的生活。**

可能現在我們這個年紀最理想的狀態就是接受自己的「不懂」，接受自己的所有「迷茫」和「探索」時的種種困惑。「不懂」其實是一個好的狀態，人一旦把自己看得太重要了，就被限制住了。

05

二十多歲的時候，人就是一個軟綿綿的口袋，不往裡頭裝東西就永遠立不起來。只不過在這樣一個特別強調效率和功用的時代，年輕人想要找到那個一輩子適用的「萬全之策」，從此過著有用的一生，成功的一生。

人沒想通的時候，才會想要把東西往自己的口袋裡裝，一旦得到了所謂的「答案」，就如同加上了扣子或者拉鍊，汲取的路徑變窄，口袋裡的東西一成不變。

在我開始把寫東西當作一種生活任務之後，我學著告訴自己，甚至是強迫自己——要打開那個口袋，讓新鮮的東西裝進來，除此之外，還得四處尋找新鮮的東西來補充。我在這個尋找的過程裡學會了權衡，也逐漸卸下了面子，放低了姿態。

不用去找一個確定的答案，也不用太早追求人生裡肉眼可辨的安穩，如果你不想二十多年後回想起自己的生活，打開記憶口袋的隔層，竟掏不出一封情書，也沒有一本屬於雪山、森林、大海的相冊，甚至沒有一本可供緬懷的日記。

望著日復一日的線條，忽然覺得自己的過去乏善可陳。可別讓二十年後的自己對「你」無話可說。

我們現在所做的每一件事，大概就是為了有一天可以氣定神閒地坦然說出那句：「I've missed me, too.」

不夠漂亮的女孩都快沒資格上網了

01

「活著太累了，而且蠻沒希望的。」

日常常常受挫，那就「自閉」一會兒吧，躲在被子裡滑滑手機，打開SNS，看到同齡的女生們都像仙女一樣，精緻的妝容、黃金比例的身材，舉手投足都是時尚雜誌裡的樣子，再看看自己，既沒錢又沒才華還不夠漂亮。

唉！關上手機，別提有多挫敗了。

昨天我和朋友聊天，她發了

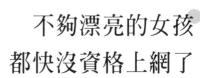

一則「負能量文章」給我，我打開看了看，想像著那個女孩的心理狀態，就像開頭寫的那樣。

「財富、美貌、才華，一樣沒占著。SNS上好多漂亮的女生，身邊也有很多校花級的同學，生來有得天獨厚的美貌，惹人羨慕。發現自己很平凡之後想變美，仔細研究了保養、化妝、整容，前前後後花了很多錢，全是自己打工賺的，信用卡的分期剛還完，又要接著賺錢買保養品……可怕的是花了那麼多錢，別人也沒看出來你貴在哪裡。」

我很認真地看完了這個女生的「抱怨」，理解她、心疼她，也佩服她。

很真實，有的人出生在羅馬，有的人生而自帶濾鏡般的精緻美顏，哪怕墜入了凡俗，還是比普通女孩好看一大截。

我想起有一次和一個我認為已經很漂亮的女孩逛街閒晃，她一邊滑SNS一邊感嘆：「為什麼現在的女孩每一個都那麼漂亮，漂亮得無懈可擊！」

漂亮的女孩都在網路上，不漂亮的，或者沒有那麼漂亮的女孩，都不太敢發照片了。

是的，隨便滑一下SNS關注幾個網紅，都很美。照片真的無懈可擊——完美的身材、完美的臉蛋、白皙的膚色、纖細的手指，連睫毛的弧度都像是被精確計算過的。

她們每天拎著高級手提包、身著品牌服裝、桌上擺著價值近萬的化妝品、打卡各種昂貴的網紅店、出入各種窮學生望而卻步的高級消費場所，還有一個忠犬又捨得花錢的男朋友，過著好像不用很努力就可以擁有一切的生活。

被誇讚、被寵愛、被表白以及被很多人羨慕。

02

我在某活動上見過一個擁有百萬粉絲的網紅女孩。

說實話她是很漂亮，會打扮，身材勻稱、瘦削，臉蛋精緻，長著大大的眼睛和豐潤的嘴唇，有點性感的可愛，讓人看了一眼還想多看幾眼的那種好看。

偶爾閒聊幾句，我得知這位網紅本身家境優渥，自己也在做著服裝生意，只比我大兩歲，但每個月收入應該是我的……八到十倍甚至更多。

聊了幾句之後，我發現她其實人很不錯，熱情、開朗，真實不傲慢。聽說我們另外一群人是做自由撰稿人的，她漂亮的大眼睛忽閃了一下：「哇，好厲害啊，好佩服！你們才是真正的內容工作者，而我是圖片工作者，哈哈哈……」

當然，她對自己的工作也很坦然：現在的粉絲喜歡為「好看」買單，我們就要負責「好看」。

對她來說，「美」就是工作，就是一種職業道德。

但這樣的生活並沒有想像中光鮮，某平臺上酸民很多，她發一個全身自拍，偏偏有人留言：「我看你的襪子腳趾那裡要破了！哈哈哈哈！」

「能怎麼辦呢，不回應啊。」她顯然也很習慣了，「我從來就不回應私訊，有很多人誇我也有一些人罵我，我都不看。」

那天我們聊得開心了，她還和我爆了很多黑幕：「你看××平臺上推薦的什麼美白產品，什麼去頸紋霜，全是騙人的啦。」

我說不是有對比圖嗎？

「美顏相機修的啦！我說了我是圖片工作者，我看得出來。」

網紅女孩已經很漂亮了，但她還是抱著剛拍的照片修了好半天，不放過每一個細節，要保證顏值維持在一定的水準，如果最近稍微胖了點，也得修成最完美精緻的比例。

網路上的漂亮女孩沒比不漂亮的女孩少焦慮多少。

前段時間重看許知遠採訪俞飛鴻的影片，中年男人面對女神，也不偏執地追問人生意義了，語氣溫柔，竟帶著寵溺和好奇：「你從什麼時候開始發現自己是美的？」

俞飛鴻回答，從發現一些人對待自己和別的女孩態度不一樣的時候。

漂亮的女孩受到區別對待，她們知道自己漂亮了；不漂亮的女孩受到區別對待，她們知道自己不夠漂亮了。

這些「區別」，或許是照相時站在第一排和最後一排的區別，或許是在和異性交談時的表情恭維或冷漠，或許是上司是否給出的機會，或許是丈夫的薪資，或許是男朋友面對吵架時的態度，甚至是專櫃小姐偶爾流露出的豔羨或傲慢的神情。

這些「區別」會讓她們把自己劃分在一個領域，彼此之間越來越遠，或許就會得出「因為不夠好看所以諸事不順，以至於人生失敗」的邏輯，是不是變得漂亮了，就會被很多人喜歡，然後擁有幸福快樂的人生？

03

可是變「漂亮」的路，就像黃金鋪成的獨木橋，太貴又太窄了。市面上太多的保養品、整型廣告，都在告訴女孩，這樣才算美，付出的鈔票都會變成膠原蛋白回到你臉上。

「GQ報導」曾經採訪過削骨醫生張笑天，張醫生說來找他的求美者有很多，但他只接受那些「知道自己要什麼的人」。為了讓自己擁有「巴掌臉」而來的女孩數不勝數，她們忍著可能有癱瘓風險的疼痛進行手術，也要變成她們覺得「美」的樣子。

很多美容醫療機構把這些求美的女孩稱為「顧客」——你給我錢，我給你美。

但張笑天稱她們為「患者」——要做手術，還沒病嗎？

「大部分的患者有心結。」張醫生說，來找他的很多女孩，因為自己臉型不好看而自卑，照片靠PS，不敢見人，不敢戀愛，害怕被周圍的人嘲笑，甚至因此患上憂鬱症，差點自殺。

可讓人無奈的是，美的標準一直在變。張醫生說十年前很多人帶著范冰冰的照片來諮詢，五年前，照片上的人變成了Angelababy，偶爾是楊冪，這幾年趙麗穎的最多。

他自己也覺得好笑：「誰紅就整成誰，這種求美者一味盲從，缺乏自我認知。我肯定是不幫她們做手術的。」

在他的醫院裡，做雙眼皮需要三萬元，做下頜骨二十五萬起，來這裡求美的人不都是家裡有錢的中產階層，還有很多是收入不高，但是願意貸款的年輕女孩。有很多面對有醫美需求族群的貸款公司開出條件：「二十二歲以上，有固定工作的，信用度尚可，貸個五十萬沒什麼問題，然後分期慢慢還吧。」

為了美，付出漫長的時間還貸款，或許她們自己也不知道要多久才能把這筆錢還完，但矢志不渝地相信：

只要我變美了，這一切都會好起來的。

04

「醜＋窮」，是當代女孩不能接受的人生Bug。

除了一部分有錢的人可以支撐自己改變之外，大部分的人還處在既不滿意自己的長相，又暫時無法改變的困擾裡。

或許我們需要整的不僅僅是長相，還有審美觀。或許越來越多的人承認了「消費降級」，是不是也該稍微「審美降級」一下呢？

不再用一些莫須有的標準苛責自己，並且把自己生活裡大部分的失意時刻與「外貌」結合在一起。五十一歲的周慧敏好美，美得像少女一樣，但我們一定要為了讓自己看起來像周慧敏而瘋狂地折磨自己嗎？

少女是美，但不是美的唯一標準。美不美？你得先建立自己的標準。

有太多因為覺得自己不夠漂亮而被拖累、會前路坎坷、人生失敗的女孩。

接受自己本來的樣子，是所有改變的開始。**要逃避，也不要失落，先接受自己的所有，把自己放在一個很低的位置，再從自己本來的基礎上一點一點地去改善，去變好，慢慢地開出花來。**

用我一個對「科學變美」很有研究的朋友的話來說：「要把自己的生活和明星、網紅的生活分開來看。大家根本不在同一個次元。在現實生活裡，絕對是能力比多出來的那點美貌更重要。空有美貌並想藉此晉級，只會在生活裡處處碰壁，就算嘗到甜頭，也不過是短暫的錯覺。」

你需要做的，是在有落差的時候，不看SNS，不上網，關上手機。專心面對你的那一張課桌、一張試卷、一份研究所考試題目、一張工作報表、一份PPT、一份計畫書、一份文字稿，認真地做好你該做的事情，畢竟在社交網路之外，能力比美貌更有說服力。

因為真實世界裡是沒有美顏濾鏡的。

親愛的，先過好自己的生活

01

朋友說了一件又好氣又好笑的事情，他租了一間雅房，隔壁是一對剛畢業兩年的小情侶。昨晚上一點多的時候牆那邊「哐哐」響，朋友還覺得納悶呢，也太會玩了吧！怎麼動靜那麼大？過了一會兒，女生歇斯底里的聲音透過牆傳來：「有本事你就出去住啊！」

接著又是「哐哐哐」的聲音，大概是桌子被掀到地上了。

朋友意識到：呵，吵架了。

小情侶嘛，床頭吵架床尾和。

還是「哐哐哐」，他翻來覆去，被吵得睡不著，想起身敲敲隔壁的門叫他們小點聲。一開門恰好撞見隔壁男生真的披著外套拎著包包出門去了，而那個女生披頭散髮地把門一關，又是「哐」的一聲巨響。

虧我朋友脾氣好，身為一隻單身狗，也沒多說什麼，也只是第二天和我吐槽吐槽。他先義憤填膺地數落那對情侶平時撒下的大量恩愛閃光，又翻了一個白眼：「現在的年輕人是有多想不開，幹嘛那麼早就同居，結了婚還有幾十年呢，有的是時間。」

我覺得他的語氣酸極了。

他接著說：「憑我的觀察，那兩個人貌似都沒什麼生活經驗。好歹都是大學生了吧，但平時廚房裡常常弄得亂七八糟，共用浴室裡的盥洗用品也放得到處都是，天天叫外送就算了，吃完不會用垃圾袋裝好放在大門口，反而放在走廊上，還都是我順手幫忙丟出去的……」

我被他說得一愣一愣的，邊聽邊偷偷一條一條地自我反思，害怕自己哪裡也做得不好，為我的隔壁室友們帶來麻煩。

這個朋友大三的時候因為自己有興趣（幫拍別人拍片），搬出來自己住，從一個只知道向家裡伸手要錢的「毛小子」變成了如今這個會做菜又會整理房間，脾氣好又努力工作的好青年。

末了他長輩般囑咐一句：「獨居的時候要把握時間學會自己過生活。一個人的日子都過不好，將來怎麼過好兩個人的？」

我「嗯嗯嗯」地直點頭。

02

想來他說得很對。隻身在外的兩個多月裡，獨居的生活也給我上了一課。發現原來自以為早就具備的「獨立」、「抗壓」、「成熟」、「冷靜」等特質，現在都搖搖欲墜。

前幾天才付完這個月的房租，我看了看存款數字，心中默默鬆了口氣。每天除了關心自己的工作任務是否完成，關心社群專頁上的文章點閱率穩不穩定，關心自己的論文還要如何修改，還需要見縫插針地關心一下冰箱裡的食材有沒有過期，家裡最近的情況如何，關心一下稿費匯入帳戶了嗎，下個月房租什麼時候交。

在大學裡，一個人吃了幾天飯就覺得自己克服了孤獨，連續早起了三天就以為自己做到了自律，在圖書館泡了幾天，看了幾本書就覺得自己勤奮努力。

那時候我們所說的「窮」指的是買不起想買的化妝品和衣服。

「挫敗感」來自剛寫好的企劃案被社團幹部批評。

「孤獨」意味著沒有人陪自己吃飯、看電影。

「迷茫」反映在不知道要考研究所還是要工作，是不是要轉系上。

那時候的我們因為一些小事就被自己感動得熱淚盈眶，心比天高，只會用誇張的詞語來形容自己的「苦難」，也只捨得用同樣絢麗的詞語來描摹未來。

如今回想，大學真的是一座異常精緻的象牙塔啊，為我們顯現了生活本來的樣子，卻只是一次新手等級的模擬考：我們拿著生活費，拿著筆和課本，以為坐在教室裡回答一張又一張的試卷，康莊大道自然鋪開，前程機遇紛至沓來。

若不是因為這幾個月的獨居生活，我斷不能迅速地撕開糖衣發現危機。

獨居生活，是在挑戰和擊碎自己大學裡建立起來的習慣和認知，是讓自己成為一個真正的「社會人士」，把目光從過去宏大縹緲的遠方收回到前進的方向，甚至俯下身去，耕耘有點煩悶的當下。

大三的時候被吳爾芙的《自己的房間》蠱惑：

「A woman must have money and a room of her own if she is to write fiction.」（女人若想寫小說，必須有錢，再有一間自己的房間。）

我不一定寫小說，但覺得生活應該如同一篇輕盈而意味深長的小說，於是許下過可愛的願望：一定要在同居（婚姻）之前過一段獨居的生活。

很多人對「同居」的理解太膚淺了，每次都心照不宣地曖昧一笑，其實說真的，與戀人同居真的不僅僅是一起做關於愛的事情，與朋友同居真的不僅僅是一起聊天煮火鍋。生活不僅僅在床上、在鍋裡，生活首先該在自己的腦子和心裡。我們選擇與他人生活在一起，其實都是為了彼此減輕負擔，增添快樂，也為了能夠好好地實現自己的價值。

若連自己的生活都處理不好，這樣的同居並不能帶來輕鬆愉快的愛，反而會無端生出一種微妙而讓人為難的負累。大人不是只做「大事」就行了，相反，大人的生活裡，多數是生活小事。

很多人說單身是最好的增值期，其實我覺得獨居才是。就好像成年人的晚自習：沒有人管你，但你要自己管自己。沒有人再催著你交作業、寫習題，沒有人催你按時吃飯、睡覺，沒有人告訴你頭髮該洗了、衣服該換了、地該拖了，沒有人告訴你你已經看了一天的劇了，沒有人告訴你工作還沒做完、論文還沒改完。

同樣，也沒有人時時刻刻陪伴著你，讓你遠離孤寂。你就得主動也好被動也罷，要學會自己架起這些細碎的所有，分門別類地規納整理好，把自己每一天、每個小時都梳理得乾乾淨淨。

你自己對自己的態度，才會成就你自己。以前在知乎期刊上看到過一段令我印象深刻的話：「外界的生活如同潮水，你露出潮水的上半身西裝革履，而你潮水之下穿了什麼、穿了沒有，卻只是你和你的房間才知曉的秘密。」

你會學會如何在一個人的時候也過得滿足和愉快：變著花樣做可口的飯菜，換漂亮舒適的床單，偶爾購買鮮花和新衣服，為自己沖咖啡、切水果，拉開窗簾欣賞自己的日升日落，關上燈一個人在音樂聲裡思索。

這些小小的細節，都是為自己做的。你會在這個過程中逐漸認識寂寞，和孤獨平起平坐，不被它牽著走，也沒有那種虛妄的自以為是。你會逐漸認識自己，與自我安靜地相處，思緒的針腳日漸緊密，越來越紮實有力。

過去對生活模糊的理解至此變得清晰，細化在一個又一個具體的事物上，你會變得更加有耐心，更加踏實，更加自律和篤定。

年輕時爭取嘗試一段獨居的日子吧，你會受用終身。你會在這段日子裡找到一個讓自己感到舒服的「自己」。

不如把自己準備好了，再和心上人一同踏入生活的玫瑰色潮汐中。

被圍觀的努力最辛苦

每個人都有自己特殊的「炸毛時刻」。

01

我很不喜歡別人在我寫稿子的時候在旁邊刻意偷瞄，哪怕是明著旁觀（並非我允許的情況下），我都會渾身不自在。

出差時如果乘坐高鐵、火車、飛機，我會隨身帶電腦打字，並會選擇靠窗的位置。不是我想看風景，而是那樣會少一個「旁觀者」。

縱使我已經盡可能地蜷縮在

角落裡不打擾任何人了，甚至讓筆電螢幕和鍵盤呈現出一個小於九十度的角，可還是會遇到那種無聊的鄰座，非要放低座椅靠背來看看我在寫什麼，看一眼不夠，還要再看。

於是我忍不住，惡狠狠地瞪了對方一眼。

不知道為什麼，在這方面我很在意，覺得自己的「安全領域」被侵犯，創作過程被旁觀，簡直如同裸奔般羞恥。雖然是陌生人，與我也就是擦肩而過的關係，彼此職業相差甚遠，可我依然感到難受，餘光感到被「圍觀」的時候會下意識地合上電腦。

這是大學時在圖書館寫稿子時落下的後遺症。

說起來好笑，那時候課後無聊，在網路平臺上寫東西，還開了社群專頁，每天更新，到處找主題，寫稿子、排版、看留言，埋頭在電腦前寫作。身邊的人都不知道我在寫東西，我也從來不提，就連看留言，回覆評論，也是在和朋友看電影、買奶茶的間隙偷偷操作，有時還得把手機藏起來，怕別人看見。

可我還是被發現了。

當時班上一個朋友恰好也玩起了同一個網路平臺，不知怎麼看到了我的文章，還主動私訊我：「哇，沒想到在首頁看到你了！」

不僅如此，有次我在自習室趕稿子，她忽然從後面拍了拍我：「又在寫稿啊，這麼勤奮？」

甚至在新媒體課上，當老師說起自媒體，她心直口快，指著後面的我：「她自己在經營社群專頁。」

我明白，她所有的興奮是無心的肯定，但在我心裡像遭到一連串爆擊。我知道她沒有惡意，她至今也是我很好的朋友，但那一刻，我那種被誇的開心和秘密被發現時的恥辱感交織在了一起。

我一直偷偷在做的事情被人發現了。雖然在別人看起來我做得好，但「一直努力默默累積著」的事情被發現了，那種失落感也很清晰。

武陵人闖入了桃花源，大聲讚嘆你們的家太美了，我要幫你們把這裡打造為超級風景區！

於是有越來越多的人知道了這個地方，我默默耕耘著的那一片天地開始被大家共用，於是我變成了一個名義上的主人。

我有個朋友把業餘時間用來畫畫，他的本職是程式師，每日人前寫code，背過身去悄悄拿起素描筆在紙上塗塗畫畫。他有天賦，畫什麼像什麼，沒怎麼學過，但筆觸很穩，最開始只是模仿著畫，到後來風格自成一派。

他信任我，所以時不時和我分享最新的速寫，我說「你畫畫這麼厲害有沒有女孩喜歡你啊」，他說連室友都不知道他還會畫這個，也不想讓他們知道。

「要做得很好才敢被人知道，不然我會羞愧萬分的。」他說。

有的人對於自己的世界有一種天生的守護感，或者說，將對自己的執念偽裝成謙遜。

我說我懂，我們都是臉皮薄，害怕嚷嚷的人，喜歡默默、安靜地做一些事情，生怕別人發現了，徒增許多不必要的壓力。

等到有一天真的做得還不錯了，拿到了一個滿意的結果，我們才好意思承認：「嗯，是我做的，做成了。」

比起最開始大張旗鼓，結束語才是真正擲地有聲。

說回經營社群專頁那件事吧。

我的「桃花源」後來變成了一個旅遊度假勝地，有很多陌生人常常光臨，來這裡休憩或者暫時逃避嘈雜單調的細碎生活。靠著販賣風景和溫情，我的生活的確越來越好，但有時候也會望著人潮感到恍惚，也覺得心為形役。

我依然在經營自己的社群專頁，這一路走來也在緩慢爬坡，但我覺得比起最開始的時候更累了（我並沒有抱怨的意思），因為我需要承擔很多旁觀的目光，把自己暴露在外的代價就是，聽到掌聲的同時也得扛下所有的期待、不看好和未知的種種變故。

我所有的進步和退步、成功和失敗都被掛出來，公開顯示得明明白白。

一直在這樣的聚光燈下前行，為了不辜負那些期待，也不想讓那些風涼話一語成讖。

畢竟我連「悄悄把尾巴藏起來」的資格都沒有，我的羽毛一直暴露在眾人的目光下，我得比別人更珍惜。

但我還是很懷念最開始一個人坐在圖書館裡寫文章的日子，不知道各種資料和我有什麼關係的日子。

被圍觀的努力很辛苦。喜歡的事情、私密的計畫忽然被發現，我們很難不去在意別人的期待和眼光，很難不去把那些誇讚背在自己身上，把那些「萬一會失敗」的風險一併擔在肩上。

悄悄地做一件事情，並且把它做成了，真的很爽。

04

不知道是不是每個人到了一定年齡都會自動進化到一種相對「沉穩」的性格，選擇一種「默默的」生活方式。

我們已經到了一個做事不為取悅他人的階段，我們只想要自己開心。再也不會一開始就誇下海口，而是順水推舟般慢慢匯成強大的力量，然後直接給自己一個驚喜。

成年之後的「炫耀」，是百分之百的完成度。

因為任何過程中的艱苦心酸夾雜著甜，細小的快樂轉而又被失落打倒，那種來來回回的反覆無常，真的只有自己才體會得出個中滋味。

旁觀者看不到你內心的那團火，他們只看得到煙，索性就等塵埃落定的時候再分享燃燒過後的印記：「你看啊，真的完成了哦。」

最百分之百值得被炫耀的事情，就是這件事情被百分之百地完成了。

沉下心去做你想做的事情吧，等到載入完成那一瞬間再小小地炫耀一下。

很酷。

分手後，人人都需要一次 Gap Year

01

電影《我的藍莓夜》裡，愛吃藍莓派的女孩伊莉莎白在遭遇男友劈腿之後結束了五年的感情，失戀後的她展開了一場橫跨美國的旅行：紐約、曼非斯、拉斯維加斯、內華達。每到一個地方，她會在當地的餐廳品嘗不同風味的藍莓派，邂逅各種各樣的人。

一場心碎的自癒之旅在紐約結束，她決定重新開始自己的生活，而傑瑞米，一個暗慕伊莉莎白已久的蛋糕店老闆，吻走了她唇邊的奶油，也試圖向她請教下半生。

伊莉莎白的這場旅行有點像西方青年常常選擇的Gap Year，通常指的是年輕人在畢業後工作前進行的一次長途旅行，多發生在二十一到二十三歲。

這次旅行讓他們從課堂上脫離出來，在步入社會之前體驗不同的生活方式。其目的側重於「尋找精神家園」或者「認識自我」。

我很喜歡Gap Year這個概念：在真正與世界交手之前，先花時間探尋一下這個世界究竟是什麼樣的，我該是什麼樣的？

在愛情裡其實也是如此，很多戀愛失敗的原因不在於弄丟對方，而在於弄丟自己。就像〈過期少女致幻錄〉裡的一句歌詞：不失戀怎麼知道自己是誰。

我身邊的三個年輕人，**正在愛情裡嘗試著各自的Gap Year：在一段感情結束之後沒有急於投入下一個人的懷抱，而是給自己一段時間和自己相處，透過時間進行自我療癒和成長。**

我的高中同學大宇今年二十二歲，還在讀研究所，業餘愛好是寫推理小說和玩溜溜球，他還喜歡唱歌，聲音像林志炫。

大宇的作品入選了二〇一七年的《中國懸疑小說精選》，他把這本書當作禮物送給了我。我點著夜燈花了半個多小時讀完他的作品，唏噓於冷靜嚴謹的人，卻常常在感情上找不到線索。

他和女朋友分手一年多了，因為個性不合。分手那天他還在實習期，趁著休假，一個人坐火車到外地找高中同學玩了幾場桌遊，又吃了幾頓大餐，這樣的消費，平時他是捨不得的。

在一起的時候習慣照顧女朋友，現在分開了，大宇覺得精神上的依靠一下子沒了，時常也會為了排遣孤獨到處找人玩、找事情做。

分手之後，他沒找新的女朋友，而是花了差不多半年時間去習慣一個人的生活狀態——一個人吃飯、看電影、泡圖書館，慢慢步入正軌，重新開始和以前一樣的學習、實習、趕稿的生活。

說不清是青澀的稜角被孤獨撫摩平整，還是孤獨這疙瘩推著他對生活精打細算，總之，如今的他看起來狀態不錯，剛考完研究所，順利的話就繼續讀書，未來的計畫其實並沒有太多調整，除了不用再多考慮一個人以外。

他說：「前任就像是小時候珍愛的玩具，在一段時間內，她就是我的全部。有一天我不小心把她弄丟了，怎麼都找不到了，我大哭大鬧，難過了好長一段時間。可是過了很久很久，我漸漸忘記了玩具的存在，繼續認真地生活。

「直到某一天，無意中在某個角落找到了她，但我並不會因為失而復得而欣喜若狂，想到她的時候，只是會心一笑，然後把她放回角落，僅此而已。」

大宇在愛情 Gap Year 裡的收穫是：**如何把一個愛過的人放在妥貼的位置，就像在推理小說裡設置一個彷彿很重要，卻與結局無關的配角。**

03

舟舟是我媽閨密的兒子，比我小四歲，今年讀大一。

在我的「栽培」下，他精通各種女孩子才喜歡玩的遊戲，我一直以為這樣脾氣溫和、顏值尚可（這樣說是為了不讓他膨脹）的小男生應該很懂得怎樣和女孩子相處，沒想到初戀就敗北了。

今年見面的時候，舟舟在日式料理店打工，穿著寬大的日式料理店員工制服正在洗碗。他長高了、瘦了，成熟了許多，不再是記憶裡那個傻小子了。

他的女朋友我見過，當然只是在手機相簿裡，霸道又可愛的小萌妹子，是他的高中同學，還沒畢業就在一起了，保密工作一直做得很好，以至於舟舟媽至今還搞不清楚他到底有沒有談戀愛，然而已經分手了。

和很多初戀小情侶一樣，他們的分開源於矛盾慢慢地累積、發酵——無盡的爭吵、分手又重歸於好，所有對愛情的想像在過於頻繁的矛盾中消磨殆盡。

嘴笨而不善於表達的男孩碰上了總喜歡討個說法且沒有安全感的女孩，結果總是不歡而散。

剛分開時舟舟其實捨不得，剛好女友家中出了意外，而他是屬於那種十分戀舊的人，碰到女朋友又對分手感到後悔：「我就又回去陪了她一段時間，但過了一段時間以後發現矛盾還是存在。我想通了這不是我想要的生活，我想要自由，不喜歡沒有自己的私人空間。」

於是兩人就真正分開了。

舟舟說：「我也覺得自己很幼稚，處理事情和與別人交流太不成熟。總是容易把事情搞砸，感覺自己的閱歷和經歷太少。在那段時間她又想復合，我直接拒絕了，我認為個性不合，如果再拖著對自己和對方都不好。」

分開後的一段時間裡，他覺得很自卑，對下一段戀愛毫無信心，現在他只想開始新的生活，學習影片拍攝和剪輯：「我得先讓自己變得成熟有自信，以後如果遇到適合自己的再順其自然吧。」

舟舟在愛情的 Gap Year 裡充滿了糾結，他學到的大概是：**重蹈覆轍並不是修正愛情的好方法。愛情沒有錯，錯在我們各自太不成熟，都不懂得與自己相處的人，怎麼好好愛別人？**

04

水稻小姐是我的讀者，二十一歲的時候和認識九年的男朋友分手了。

這段初戀持續了五年，從高一到大三，差不多占她生命的四分之一，如果一個人的愛是有限的，她在這個人身上花掉的遠遠不止四分之一。

分手之後，水稻其實不太習慣，太久沒有單身，幾乎不知道該如何一個人生活。

以前無論發生什麼事身邊總有一個肩膀，現在身旁空無一人；以前事情不分大小都愛和他分享，現在拿起手機竟然不知道要幹嘛了；去散步的時候，發現所到之處全是和他的回憶，就算只是買一份午餐，也還是在無意中點了他愛的口味。

當我們愛上一個人，會不自覺地把對方融進生命，當我們分開，可能要花費更長的時間去把對方從自己的生命裡剔除。

二〇一八年的情人節是水稻成年以來第一個獨自度過的情人節，她覺得有點孤單：「他很優秀，可能這輩子都不會遇到對我這麼好的人了。」

但她並不後悔：「我不想將就著去延續一份愛情，既然不愛了就別耽誤彼此，雙方都趁早為以後做打算。」

我很佩服她的冷靜。

她說，現在最想做的事是把所有的心思都花在自己身上：「假期打算在家多陪伴一下家人，練習好廚藝，多閱讀一些書，梳理在這段感情中出現的問題以及經驗教訓。回學校打算把重心放在考研究所上，並且一直保持閱讀和跑步的習慣，還打算從原生家庭的角度入手解決在這段感情中自己存在的一些問題……

「不確定自己多久以後才能夠完全走出來，但不後悔。期待自己和他都朝著更好的地方發展，不做戀人了，我也默默為他祝福。」

水稻的愛情 Gap Year 才剛開始，她或許需要面對一些痛苦和折磨，不過我相信她可以處理得很好。

在失戀時還會冷靜做出決定的人並不是冷漠，而是已經想通了自己的境況，不會做無謂的掙扎。

05

我希望每一段感情都能穩固而長久，但如果某天你不幸分手，不如給自己來一場愛情裡的 Gap Year。花點時間好好做些你長久以來想做又不敢做、想做又沒時間做的事情。花點時間好好了解你自己，不要為失去而難過，未來才是值得期待的，**哪怕愛錯幾個人，人生這張考卷也是可以打高分的。**

蔡康永說：「戀愛的紀念物，從來就不是那些你送給我的手錶和項鍊，甚至也不是那些甜蜜的簡訊和合照，戀愛最珍貴的紀念物，是你留在我身上，如同河川留給大地的，那些你對我造成的改變。」

失去的永遠不是最珍貴的，最珍貴的部分是他們給你的改變以及成全了往後更多的可能。分手之後的那場感情上的Gap Year，才讓你知道自己是誰，要去成為誰。

前任是一所學校，你總要畢業的。

很多人想要逃離舒適圈，
或許是因爲最開始的焦慮和緊迫感已經過去，
需要新的挑戰機遇讓自己恢復活力。

身體上沒那麼辛苦了，但心理上又隱隱不甘心。
一方面享受目前做事得心應手的狀態，
一方面又對他人的成功感到羨慕，
覺得自己也配得上更好的。

然而精神上想要更進一步，
肉身卻被很多實際的東西牽絆住了。
舒適圈內放不下靈魂，
舒適圈外容不下肉身。

還有沒有另外一種可能性？
或許舒適圈最舒適的部分，不是圈內，也不是圈外，
恰恰是在兩者之間。

你不一定非要逼迫自己走出去，
只需要在舒適圈的邊緣瘋狂地試探，
慢慢地將它擴大即可。

「一邊珍惜和精進已有的，偶爾嘗嘗鮮也不錯。」

Part 3

各選所愛，自負盈虧

時常鼓勵自己去理解和
接受更複雜的東西的確很難，
但也不能因爲懶惰和困難
就放棄對內心世界更細膩的探索。
希望我們都可以成爲更勇敢和美好的人。

人生價值排序：把「自己」排在第一位的人自私嗎？

01

一個女人怎樣才算是活得很「通透」？

SNS上大家篩選出了一個答案：Papi醬在某綜藝節目裡吃飯的時候無意提到了一個「人生價值排序」，對她而言最重要的依序為：自己、伴侶、父母和孩子。

都說「自己是陪伴自己最多的人」。畢竟人生中沒有被「放在第一位」的時刻太多了。

和讀者交流這個問題時，我發現一個很有意思的情況，那些選擇把自己排在第一位的人，或許都有過不曾被排在第一位的經歷；那些從小受到愛與包容的人，往往不會顯得那麼「自私」；而受過背叛和委屈的人一定更知道「把自己放在第一位」的可貴，那是自我保護的最好方式。

02

都說愛自己是終身浪漫的開始，但我們把「自己」排在第一位就可以解決那份不安嗎？

我不知道，所以我把這個問題拿去和媽媽還有外婆討論。

我和媽媽聊這個問題的時候是在喧鬧的咖啡館，那是她回美國的前一天，我們坐在一個靠牆的位置。我媽從不把我當小孩子，總是會把我們生活裡最鋒利和殘酷的一面拿出來與我冷靜討論。

她用過來人的經歷告訴我，她會把自己放在第一位，出於私心，孩子或許會比父母優先，但伴侶是在第四位的。末了她又補充道：「這是一個無法定義的事情，還需要看情況說明。」

生活告訴她應該更自私地活著，但她依然沒有實踐這樣的結論。她把自己放在第一位，是因為當她有自己的生活時，就不會過度從兒女處索求。

孫女士是一個強調人格獨立的人，這樣的理性肯定建立在多次的崩潰和坍塌之後。她受過很多委屈，但她依然鼓勵我做一個無畏的人，去追求所有自己想追求的東西。不曾給我太多世俗意義上的期待：「我只希望你是個陽光快樂的女孩。」

03

我媽飛回美國的那個早上，我又拿著這個問題詢問了我的外婆。

老太太已經八十多歲了，精神矍鑠，看到我那麼認真的樣子也不自覺把手搭在膝蓋上，挺直腰板等待我的詢問。

當我把一個在網路上被熱議的話題拋給她時，外婆托著下巴思索了好一陣，兩手一攤，搖搖頭：「我想不出來。我覺得愛人（我外公）很重要，孩子很重要，父母也很重要。都一樣重要。」

「那你自己呢？」我問她。

「我覺得我自己沒有那麼重要。」外婆一輩子風風火火，不會說謊。

「但如果你放在第一位的人沒有把你放在第一位，你可以接受嗎？」我沒有帶入具體的主語，我猜這是一個有些殘酷而尖銳的問題，於是試探地問了。

外婆愣了一會兒說：「可以啊，因為我很愛他們。他們也會有自己的生活。我只會擔心他們過得好不好。」末了她補充道，「你媽媽、舅舅和姨媽對我已經很好了。我覺得很滿足。」

可是那天我在外婆家吃完飯準備走的時候，她的眼眶又紅了，喃喃自語：「這個家裡又空了，只有我一個人了。」

04

我又問了朋友這個問題，他說這是一個無法回答的問題。

最開始我覺得這個答案是一種推託，後來想想，我那麼急著要一個答案可能真的蠻無聊的。

可以快速回答和排序的事情，一定是我們並不在乎或者不太當真的。

把「自己」排在第一位是一件多麼簡單的事情，難的是「是否可以接受他人並不把自己排在第一位」以及我們如何才能不因為自身的性格缺陷讓他人陷入痛苦。

自私是會傳染的，一個人如果生活在過多的索求中，被索求的人也會變得貪婪可憎。

和「我不要任何人牽絆我」一樣重要的是「我也不能牽絆任何人」。

05

這篇文章我擱置了很久，因為我發現我給不出答案和所以然，只能告訴大家，有一些價值觀的排序和索求是沒有必要的。

想起這段時間斷斷續續地看慶山的新書《夏摩山谷》，只看到四分之一，但其中有些對話讓我好像明白了一些什麼，作者藉著女主人公與一個陌生男人的對話探討人與人之間的情愛關係，或者說是人與人之間的關係——

「如果現在的女人自力更生，已能夠給自己提供食物，也可以照顧和保護後代，或者甚至覺得沒有後代也沒有什麼關係，那麼男女相會還會剩下什麼？」

男人回答女主人公：「應該注重能夠給彼此的啟發、喜悅和提升。人不可能脫離關係，我們只有在關係中才能對照到自己的存在。不管是什麼樣的關係，有對方就有自己。人不能獨自生存，需要給予和接受的平衡。」

這讓我有時候產生困惑和懷疑，我們生活在一個被鼓勵著要靠自己解決一切問題的世界裡，女孩變得很強很美之後呢？世界如果只屬於很美很強的「我」之後，不會有更深更強烈的孤獨感嗎？

我們追求獨立，追求成功和自我，這一點錯誤都沒有，但變得更強更好之後，應該給予他人更多的愛。

最好的關係是相互的牽而不絆。就像我外婆對我媽媽的那種，和我媽媽對我的那種：

愛自己是終身浪漫的開始，獨身一人無可分享並不浪漫。

我愛你，和我是否「把自己放在第一位」無關。

◆寫在文末

和大家分享一句最近的所得，這是前段時間與一位女性前輩交談時的所得，也是在一段關係裡學會的道理：

「不要去分辨黑白，要去感知和識別黑白之間的灰以及灰與灰之間的不同。」

時常鼓勵自己去理解和接受更複雜的東西的確很難，但也不能因為懶惰和困難就放棄對內心世界更細膩的探索。

希望我們都可以成為更勇敢和美好的人。

到底要多少錢，才配得上你的生活？

01

我高中住校，那時候只有週末回家，每個星期有五天在學校吃飯，我爸每星期給我五百元，有時候是八百元，對於一個食量不太大的女生來說足夠了，有時候我媽也會給我一兩百元到五百元的零錢，能偶爾買點小零食、小蛋糕、雜誌什麼的。算下來一個月也就只有三千元。

大學第一個學期，爸爸每個月給我八千元，媽媽有時候給我一點零錢花，算下來一個月也有差不多一萬元，小日子已經過得很滋潤了。不過那個時候的消費僅僅停留在吃飯和逛街上，自從脫離了「鮮肉」身分，其他開銷也漸漸多了起來。

但不知道為什麼，口袋裡的錢好像越來越多，卻越來越覺得不夠用，很多時候都不知道自己的錢花到哪裡去了。

大概很多人也有這樣的感受：「我很省啊，我沒怎麼買買買呀，為什麼錢不夠用呢？」

賺的錢配不上購物車，一到月末就捉襟見肘，是很多年輕人的生活常態。

02

一個二十多歲的女孩除了吃飯以外還有什麼方面需要額外支出？

一般來說，除去日常飲食（包括水果和牛奶）、日常生活用品，最多的支出大概在逛街和買衣服、配飾上了，稍微講究一些的女生還需要買些保養品和化妝品，比較活躍的女生還會參加聚會、聚餐，有男朋友的，約會也要花一部分錢；有特殊愛好的，比如週末看展、看舞台劇、看電影和演唱會也需要一筆錢……

但是要知道，「消費」是個彈性很大的詞。買保養品的人可以用平價款也可以用SK-II，買口紅可以買開架式也可以買Tom Ford，逛街可以是只買杯奶茶的Window Shopping，也可以提著大包小包買買買，社團聚餐可以去街邊小館子，也可以去吃五星級飯店裡的高級料理……

雖然大家看起來都是同輩，但生活的需求和層次一下子就顯現出來了。

還記得我大學的時候，周圍有同學真的有一個月消費高達六位數的，非名牌化妝品不用，和我們逛街的時候都是拉著我們去單價五到六位數的品牌店看包包，對於她來說，要求的不僅僅是吃飽穿暖，還需要高級、有型。她的父母是做生意的，有個在國外留學的哥哥，從小也沒有受過物質上的苦，這樣的生活她也是早早就習慣了的。

我也認識這樣的同學，家境平平，買件小店裡的衣服都要和老闆殺價，最後還是覺得太貴了而忍痛放下。她很少叫外送，更別說去餐廳吃飯，總是按時地在學生餐廳排隊吃飯，沒有什麼化妝品，總是素顏示人，也不喜歡逛街，每天就是在圖書館寫寫作業、看看影片，或者去看學校裡每週五的免費電影。很久以前她好像說過自己的爸媽都在鄉下，自己能夠來大城市讀書已經非常開心了。

這兩位同學的生活費差了大概兩位數，但是我並不覺得她們的臉上寫著有關「匱乏」的詞彙。畢竟，這是她們的父母能給她們的最好的生活了。

我記得談話節目《圓桌派》裡馬家輝說過一句很精闢的話：「欲望比收入少一塊錢，就是富裕。欲望比收入多一塊錢，就是貧窮。」

「夠不夠」，要和自己比，而不是和別人比。

物欲是不好的嗎？我就是想買漂亮的衣服、高級的3C產品，我就是也想用專櫃裡一排鋪開在燈光下閃閃發光的化妝品，這樣有什麼不對？

沒什麼不對。

有消費的欲望不可怕，可怕的是讓他人來為你的欲望負責，不論是父母還是男（女）朋友。

不知道小時候大家是否有過這樣的經歷，穿了新買的裙子，背著新買的書包，就算只是拿出新的鉛筆盒，都會在別的小朋友羡慕的眼光裡一臉驕傲地說：「這是我爸（媽）幫我買的！」

想要被別人羡慕沒有什麼不好，但現在的你是否可以驕傲地說：「我自己賺（存）錢買的！」

03

我周圍的朋友，不論出身，都是自己賺錢過生活的好手。

家境好的富二代創業，向家裡借了些錢，一年後連本帶利地還了回去，還憑自己的能力住進了高級公寓，存錢買了小汽車。

家庭環境普通的朋友業餘時間兼差，靠著文字能力幫雜誌寫稿，透過一支筆為自己的生活添了一些色彩。

有些才華的同學開班教新手學樂器，或者當國中生的家教，幫別人畫幾幅畫、寫幾篇文章也有收入。

04

我的一個姐妹就是喜歡小眾的奢侈品，熱衷於國內外各種小眾藝術雜誌。她有一次存了兩個月的薪水去買一件我們覺得不太實用，日常不太穿得上的裙子。但她說：「光是掛在衣櫃裡每天看看，我就覺得非常開心了。」

初入社會之後，我最深的感受大概就是：每個人的起點不同，家庭環境不同，但是這其實也不是太大的問題，靠自己，比什麼都強。

別人打一通電話給父母，就買到一副一萬多元的耳機，你存了三個月的錢才買到這個心儀的同款，這並沒有什麼值得羞恥的。你和別人同時享受到了這件物品，只不過是延遲了一些，並沒有什麼差別，他是一月買的，你是四月買的，有什麼不同呢？

想要？有本事自己買啊？

對金錢保持敬畏，但不跪舔，明白每個人的自身條件不同，仇富和嘲窮都是很幼稚的行為；對品質有追求，但不要被輕易煽動；不啃老，不抱怨自己家的條件是一個人的自覺；在家庭環境上認了，自己卻不能認。

你目前能支配的錢只有一萬元，那你就努力把一萬元的生活過好，盡可能地精緻和物盡其用。不要在只有一萬元的時候盤算著過十萬元的生活，現在還不屬於你，就不要花太多時間琢磨，把心思放在該放的位置，你會憑藉努力讓自己過更好的生活。

網友「棒棒噠老狐狸」說：「真正的懂事，是你的能力不僅配得上它們現在提供給你的生活，還值得擁有更好的生活。」

與其抱怨沒錢或者家裡給予的幫助太少，不如問問自己有沒有對錢和欲望的駕馭能力，有沒有創造生活的真正本事。

這不是你夢寐以求的長大嗎，你怎麼愁眉不展？

01

我想約死黨去吃飯，在她的座位前晃了半天，書攤著，筆蓋沒蓋，米白色的長柄傘掛在旁邊，但人遲遲沒出現。發訊息給她：

「你去哪兒了，吃飯嗎？」

「我回家了。」

「怎麼忽然回家了？」

「我外婆過世了。」

我忽然明白了那一桌狼藉背後的原因，不知還能說什麼，於是回了句「那你好好陪陪你爸媽吧」。

從自習室走出來，看著玻璃窗外忽然傾盆落下的雨，我感到天空暗淡卻刺眼，這個初秋真冷啊！

這幾年常常聽到類似的事情，不僅僅是自己，周圍的朋友也時常說起家中生病的親人，年邁的爺爺奶奶和某個親戚。大家都極其脆弱又小心地相互規勸著：「哎呀，年紀大了嘛。」每次提到家中老人的時候也會忍不住互相多一句嘴：「老人家身體還好吧？」

換作幾年前，這類問題我們是絕不會問，也不會關心的。

另外一個朋友說起自己以前有件純黑色的襯衫，穿舊了打算扔掉。他媽媽告訴他「留著吧」。他不解，明明都這麼舊了，可以去買新的。

「留著吧，以後說不定有用的。」媽媽告訴他，末了補上一句，「你現在還不懂。」

「其實我都懂。」他望著前方告訴我，需要穿純黑衣服的場合並不多。

長大讓人對生老病死警覺起來，童年的時候仰望天空總覺得人是長命百歲的，生命的終點遙遙無期，直到常常聽說家人這裡那裡有了病痛，吃多少藥，住了幾天院，才發現我們忽然走到了擁有和失去的邊緣。嘴上沒說什麼，心裡其實一直在抗拒，在害怕。

「家人」是很多人的軟肋，「生老病死」不只是四個字，而像生活中隱匿著的暗節奏，潛伏著，時而「嗒嗒嗒」地忽然來幾下。

擔驚受怕。

02

聽朋友說我們學校裡有個女生有一次接到姑姑的電話：「你爸爸不在了。」她說什麼都不信，直到手機再次響起，她顫抖著手接了，電話那頭的媽媽只說了一句：「家裡出事了，你快回來，有人去接你。」於是她一出校門就上了接她的車，下車時已經到了靈堂前。

聽說她爸爸是政府機關的公務員，年紀也不大，身體一直很健康，失蹤了很久，後來在一條河裡找到的。

從那件事之後，她請假去漠河待了一個月。我猜想那個土生土長的南方女孩，應該是想選一個不能流眼淚的地方，在那種冰雪茫茫的地方把自己的心和眼淚都凍住，把過去封存在一片白色中。

一個月後她回學校了，朋友說她彷彿變了一個人似的，一下子就長大了。也是，誰遇到這樣的事情都會瞬間長大的。**畢竟生活這場遊戲，你開始了就不能停。有排名，卻不可能出局。**就算你再慘，還是不能停，所有的悲傷要示眾，你失去所有，卻不能停。

我又想起小時候在爺爺奶奶家，爺爺吃飯的時候總要喝酒，有時候是白酒，有時候是自家釀的果酒，有時候是啤酒。如果他喝啤酒的時候我就會很嘴饞，因為那個啤酒瓶綠瑩瑩的很好看，爺爺總會留一口給我，其實也就是幾滴。

他總說：「等你長大了工作了，不要忘記買酒給爺爺喝。」

我總仰著頭笑：「好呀！」可我欠了爺爺好多瓶酒啊，這輩子是還不完了。

03

上個暑假回老家的時候我去看了舅舅。小時候我很怕舅舅，因為覺得他很凶，唯一讓我覺得他溫柔的時候是在年夜飯的飯桌上，只要多灌他一點酒，他就笑得像朵花一樣，不僅不凶神惡煞了，還掏出錢包，抽出幾張鈔票給我們這群小孩，我們就拿著幾百塊錢去國小門口的雜貨店買鞭炮，別的小學生都是抓著口袋裡的十塊二十塊精挑細選，我們基本上每年都會把雜貨店裡的煙火包下來，在其他人豔羨的眼神裡提著大包小包的煙火，揚揚得意。

小時候看舅舅打我哥，那場面實在慘烈，就像放煙火，「啪」的一聲還可以見到紅色。他們父子敵對加記恨過很多次，都不是溫和的脾氣，撞到對方的槍口上，彼此不曾退讓半分。

那樣的舅舅已經不在了，現在的舅舅每天在家裡煮煮飯、養養魚，因為身體不好，也不敢大動肝火，哥哥已經開始工作，上進而努力，收斂了以前的壞脾氣，父子倆忽然言歸於好。

舅舅身體不好也不是這兩年的事情了，他的心臟裡已經有了三個支架，上次又病倒了，怕是要裝第四個。媽媽在國外，所以任何禮數上的事情都是我在代勞，我包了紅包去看舅舅，看他穿著病人服躺在醫院的床上，一旁的舅媽強撐著精神照顧他，看得出來幾夜都沒睡好。

舅舅的眼睛多了些模模糊糊的色彩，那張凶神惡煞的臉開始變得疲倦而蒼老，我不再害怕他，這讓我很難過。他囑咐我不要把他的情況告訴外婆，因為外婆年紀大了，也不要告訴我哥，因為他剛畢業工作，不想讓他分心。

我只能回答：「好。」

小時候，這類事情都不是我們管的。大人有大人的事情，彷彿同級的主管，密謀著他們自己的生活，好事、壞事都是平級之間傳遞著，既不會向他們的長輩上報，更不會俯下身去向下一輩的小孩多嘴。那時他們的生活由他們自己承擔，我們不需要也沒資格去插手。

如今我終於有了知道秘密的權利，可並不覺得這是什麼值得炫耀和開心的事情。

04

有一次做了個徵求：「有什麼事情是你之前很羡慕，如今卻不再嚮往的？」

在那些林林總總的留言裡，有這樣一則回答：「這不是你夢寐以求的長大嗎，你怎麼愁眉不展？」

我默然，這大概是對其他所有事情的意見總結。在那些還未有圍牆高的年歲，踮腳張望牆外盛放的花，覺得大千世界聲色俱全，搖曳燦爛，等到成年之際迫不及待地翻過那堵牆，雙腳踩在了當年未曾目睹的泥地裡，才知道是一種多麼複雜的感覺。所有生長著的豔麗花朵都紮根在潮濕又泥濘的泥地裡，生活在這世界上，沒有人是絕對乾淨而無憂愁的，所有新鮮的盛開，都撇不開過往的腐爛和消逝。

曾經我們都信誓旦旦：「等我長大了就……」小時候空有抱負愛吹牛，如今終於長大了，表現得再好，那些給予盼望的人也一個一個漸漸不在了。

當年夢寐以求的不是長大本身，而是渴望一種保護和給予的能力。如今我們擁有了這樣的能力，想要保護和給予的人卻快要不在了。

時常覺得翻過圍牆，是一個錯誤的決定。想翻回去，可回頭驚覺圍牆已有萬丈高，退路無處可尋，只能沉入深海，永不回頭。

我們都曾懷著錯誤的判斷，以為物是人非，覺得時間是靜止的，自己才是變化著的，彷彿所有最好的東西都在等著自己，等著自己長大，然後來享受。

其實不然，失去是必然的，擁有才是片刻的。除了抓住每一個當下，我們別無選擇。

「這不是你夢寐以求的長大嗎，你怎麼愁眉不展？」

為什麼這句話我記得這麼清楚，因為寫這句留言的讀者名叫「別辜負」。

對未來的憧憬正確與否其實無關緊要，我們無法釋懷的，往往是錯過的事情。既然回不到過去，那就不要再虧欠此刻。

「別辜負。」請你記好了。

寫給那個轉發多次卻從未中獎的你

01

最近發生了一件事，大概是在這個春天遇到的最大遺憾了。

周圍考研究所的人很多，朋友C是讓我們最感慨的一個。

初試放榜前一天，我們紛紛在群組裡為她祈禱，言語之中頗顯焦慮。

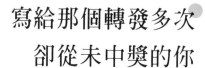

她倒是顯得心態平和，沒多說什麼，只是告訴我們明天大概幾點會放榜，放榜之後不論好壞都會發在群組裡。

第二天群組裡果然出現一張名單，上頭有她的名字。我們激動得只用驚嘆號交流，她也激動，開心地感謝所有人。

這當然是她應得的，從決定考研究所的那一天起，她就比我周圍的很多人還努力，並且情緒穩定、作息規律，堅持早起背書、運動和休息，還看了很多外國名著和電影作為補充。

這座大城市讓C心心念念，她說自己以後要來這裡工作，於是我和她還有一個女孩，三人約定在這裡不見不散。夢想的種子穩穩落入，緊緊紮根，就等她北上複試來收獲成果。

複試卻並不順利。

她在放榜前還找我聊，說怕自己過不了，複試並未發揮好，我還覺得她過於憂慮了——初試成績名列前茅，也是機靈、真誠的人，怎麼會得不到青睞？

但聽說複試二十三個人錄取十六個，她的名字不是那十六分之一。

穩操勝券的事情忽然急轉而下，讓人猝不及防，除了憤懣，還有唏噓。

她如願來到這座大城市，但求學夢破碎。一番掙扎考慮後她也放棄了再戰的想法，我無意中在SNS上看到她的感想，都是碎碎念，說自己選擇該校是因為對某領域真正喜愛，或許自由學習的熱情也大過跟著指導教授循規蹈矩研究的熱情。

「他們（這裡指學校）不要我，也能理解。」於是她打算先找工作，存錢，以求未來有更遠更遼闊的求學機會。

我並不覺得這是一種自我安慰，反而從中感受到了一種更堅定的信念。

身為朋友，我自然感到莫大的遺憾。彷彿大半年的努力付諸東流。

上星期我們三人匆匆見了一面，C把頭髮燙捲了，還去服飾店買了好看的裙子。三個姐妹有說有笑，只是在講普通的日常生活和吐槽彼此之間的工作奇遇，沒有談論失去，好像之前的事從未發生過一樣。我也沒有看到她情緒上的不安。

分別之後，我暗暗感嘆，不得了。

其實「考研究所」只是她完成夢想的某種形式罷了。既然是形式，還不一定是最合適的那種，失去也未嘗不可。

春之遺憾的花朵也隨著一場突如其來的冷空氣飄落。

我無意中和另一位高中時的學姐說起C的這件事情，她一邊擦著新口紅一邊嘖嘖感嘆：「運氣真是不好啊。」

口紅學姐其實最近也過得不順利，工作期間專案出了點岔子，沒少被老闆點名。但好在最近有件讓她比較開心的事情——她在SNS上轉發抽獎文，中了一支名牌口紅。

正是她時不時掏出來的這支。

玫紅色的名牌口紅其實並不太適合學姐偏黃的膚色，其實她自己也知道，但這點遺憾抵不過一支名牌口紅對一個二十多歲的女孩子虛榮心的安撫。她又掏出來看了看，開心地強調：「三千多個人中只有三支口紅啊！差不多千分之一的好運氣啊！」

我點點頭，你運氣好。

二十三分之十六和千分之一的機率相差甚遠，也無從比較。不僅因為「獎品」不同，付出的代價也遠遠不是同一個等級。

這件事情讓我對「運氣」這件事情有了判斷，也對「獲得」這件事情有了新的認識：為什麼口紅學姐為了一支並不適合自己色號的口紅高興半天，而C失去了一個讀研究所的機會卻告訴我「都是最好的安排」。

是因為她們想要的東西不同嗎？

很多人口中的「想要」其實都不同，隨便在SNS上就能看到那些「日常許願」、「日常立下約定」：

「我想要在這個月減重五公斤。」

「我想要拿獎學金。」

「我想要馬上忘記他。」

「我想要背五十個單字。」

「我想要一個新款的某牌包包。」

「我想要年底去××國家旅行。」

「我想要報名吉他班。」

「我想要學會化最近流行的眼妝。」

但大多並未實現。

很多人覺得問題出在了「想要的太多」上，但我覺得問題出在：「你其實並沒有你說的那麼想要。」

我一個朋友說過一句蠻毒舌的話：「那些SNS上只有轉發抽獎的人，要麼是口袋裡錢不夠，要麼想要那件東西的欲望不夠強烈。」

我先解釋一下他的意思，他並不是看不起別人轉發抽獎的行為，也不意味轉發抽獎就代表Low。他的意思大概在於：真正想要一件東西的時候，是不會願意等的，恨不得快點據為己有，而不是等著幸運女神降臨。

SNS上常常有很多轉發抽獎送現金或者送奢侈品的活動，不過是社群專頁為了吸引粉絲賺流量的回饋手段。但相比起獲得五萬元獎金的三萬分之一的機率，我更相信：靠自己的努力賺一萬塊的可能性遠大於三萬分之一。憑自己的努力買一個包包（衣服、手機、口紅等）的可能性和速度遠遠超過「中獎」。

如果我真的想擁有一件東西，我不會想成為一個分子，作為N分之一，和千萬個陌生人平分擁有的機率。我只會將其作為我的目標，死死盯著，然後一點一點地靠近、擁有，百分之百地收入囊中，然後告訴自己：「靠轉發抽獎獲得的那些東西，我都買得起。」

這不僅是一種物質層面的自信，也是一種規劃未來生活時的篤定，相信：「我所追求的生活，我也都過得起。」

其實很多所謂的「運氣」，都在運氣之外。

有很多人一直過這一種「轉發多次卻未中獎」的生活。他們怯生生又隨意地做出一個想要改變的姿態，然後就又回到原地，接著懶散、拖延和無動於衷。彷彿只是一種「我參與了，等待開獎」的狀態。其實所謂的「參與」也不過是持續了兩天的健身打卡，翻開了五頁的單字書，買回一本專業書籍，或者調了一個比平時早半小時的鬧鐘。

05

生活或許是沒有所謂「運氣」可言的。我們所談論的，只是某種與能力成正比的機率。

關於這個機率的大小，我們必須從自己身上找原因，而不是讓一些莫須有的名詞來為自己的認真不足和能力不足擔責。

人變得成熟的其中一個標誌就是，得到的時候會懷疑僥倖，失去的時候會反思自己。知道沒有無中生有的運氣，也明白沒有誰會天生抽獎必中。沒錢的時候忽然收到一筆轉帳，你應該感謝的是你的父母，而不是那則幸運信；因為錯誤造成損失時，你應該反思自己到底有沒有盡力，而不是說最近「水逆」。

我那個朋友C運氣不好嗎？我覺得並不是，相比起那些最後穩中求進成功考上研究所的人，我更佩服她立刻為自己規劃好了下一個方向和路徑，並且對知識和未來重懷戀愛般的求索之心。

我厭倦了那種「因為愛笑所以運氣好」的邏輯，我想要取得的人生不需要一個又一個奇怪的前提。**我不要做一個轉發多次卻從未中獎的人，那份獎品是我的就是我的，早就刻上了我的名字：我親手為自己包好這份禮物，又親自拆開這份禮物。**

這篇文章送給C以及和C一樣的人。

他們的人生思路清晰，穩定而有力，不再是一根單獨的攀岩繩索，而是一張結實、穩固而四通八達的網。

這條路不一定通到羅馬，更何況羅馬的人太多了，她要去新的地方。真正的好運氣，不是千裡挑一萬裡挑一，而是無論走到哪裡，只要還存在，就有著無限的可能。

她不需要將骰子擲到「6」才通行。因為她的骰子，每一面都是「6」。

我總不能阻止你奔向更好的可能吧？

01

過年回家，朋友們聚在一起免不了聊八卦。

提及某人，必然要沿著記憶的紅線摸索，把與之有過「緋聞」的另外一個人順帶聊一聊。

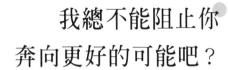

高中畢業幾年，老同學們四散天涯，各自小範圍聯絡，因此彼此之前的消息並不暢通，都是從關係親密的朋友口中或者ＳＮＳ上的照片才可以知道近期的感情狀態。

聊起來才知道，過去記憶裡的情侶們早就分道揚鑣，彼時絕配的一對對早已成為陌路，倒是那些原來好像從來扯不上邊的人忽然湊在了一起。

「為什麼那麼多人最後還是找了同學談戀愛？」一個朋友問。

她在高中時是乖乖女，只和課本談戀愛，大學也是勤於讀書，直到工作半年，才捧過同公司男同事送的玫瑰花。兩人如今在大城市工作，職場新人的日子雖然辛苦，但甜蜜更多，才親密沒多久，家人已經開始催婚了。

想起前段時間SNS上有個蠻熱門的話題是：「學生時代的愛情可靠嗎？」聚會的朋友們清一色回答：「不可靠」、「太嫩了」……

但那個乖乖女同學忽然悠悠地說：「其實我很羨慕你們這些早早就談過戀愛的人，現在雖然打心眼裡喜歡一個人，但背地裡悄悄考慮的東西還是太多了。」

房子、家庭、工作、收入水準……畢業之後如果和家人說起戀愛，這些都是實實在在需要向他們一一說明的事。

好像再也沒有只考慮「愛不愛」本身的機會了。

在最青澀的年歲遇到一見傾心的人是一件浪漫的事情。但大多數的故事僅有浪漫的開頭，或許結尾於遠距離、性格不合、變心，或者現實。

畢竟還是因為太青澀了吧？

女孩過了二十二歲，催婚催嫁的言語陸陸續續就來了，好在我有兩個比我大的哥哥，因此家人們插手他們的人生時總會把我遺忘在角落，只是偶爾叮嚀幾句：「你也要注意，你以後也會遇到的。」

我在那些嘮叨裡時不時可以打撈出四個字：知根知底。

這或許是華人婚姻觀念裡的一種安全感——知道這個人從哪裡來，家庭情況大概怎麼樣，從小的生長環境如何，周圍朋友如何……掌握這些簡單的資訊，好像就可以大概描摹出對方的成長底色。

若要按照這樣的線索去找，第一個想到的就是國中、高中或者大學的同學：未經世事時就共同擁有過一段天真的日子，在最單純的時候遇見對方，往後兩人一起攜手共度人生中的苦辣酸甜，豈不完美？

我認識一對高三時就在一起的老同學，兩人大學四年、遠距離兩年，在相距兩千公里以上的兩座城市遙遙相望。

好不容易熬過了畢業，這兩人卻悄無聲息地分開了。

原因不詳，只是後來聽說女孩讀研究所時交了一個新的男友，日子過得好，學業也很順利。男孩考取了本校的研究所，也沒再找新女友。

我認識這個女孩十幾年了，她從小就聰明、有主見、性格豪爽，從高中畢業開始，我們每年的寒暑假都會找時間約出來聊聊，各自更新一下彼此的生活進度。

還記得高三那年的耶誕節下了一場小雪，她在自習前把我拉出來，在不太明亮的路燈下對著昏黃燈光翻出一張書本那麼大的聖誕卡片。

她要去表白。那張賀卡上寫滿了密密麻麻的情話，她知道他也喜歡自己，但太害羞了，於是她主動戳破那層紙。

那天晚上她溜到我的寢室來告訴我：追到手了。

四年多後的今天，我們坐在飯桌前說起這件事，解釋起來只有隻言片語、雲淡風輕：不適合，分手了。

最開始進攻的是這個人，最後主動撤退的也是這個人，這雲淡風輕背後藏了多少波瀾？我對此唏噓不已。

我以為她是遇見了更喜歡的人，試探地問她：「為什麼分開？」她給的解釋是：「我們進步的速度是不一樣的，我不能只靠著學生時代的回憶過日子。」

男生大學期間還是羞澀靦腆，不太喜歡社交，又沉迷遊戲，雖然聰明依舊，但除了成績好之外沒有什麼其他的收穫。我那朋友想這樣頹廢下去也不是個辦法，於是鼓勵，鼓勵不成就催促，催促不成就要脅，要脅無果，於是離開，毅然決定到外地工作。

我問她，在一起那麼多年會不會有遺憾？

她說自己原本以為一個人懶了些、有小毛病沒有關係，可以等，可以幫助他改變，大家一起變成更好的人。

後來她發現，大家的價值觀不一樣，對於未來的構想也不一樣，行動力更是不同，一起走一段路可以，但越往後越吃力。

有些東西，全憑自覺，靠人推著、靠人督促，都不行。

03

唉！我陪她嘆氣。

人是會被覆蓋的，進步的速度不一致了，大家對未來的觀念不一致了，沒有什麼好可惜的。

可靠的真不是什麼時期，是人。

我其實很理解她的感覺。她對愛情或許從來沒有失望過，她失望的是自己和對方雖然曾遙望過同一個方向，奔赴的速度卻截然不同。

李榮浩在〈年少有為〉裡面唱道：「假如我年少有為不自卑，懂得什麼是珍貴，那些美夢，沒給你，我一生有愧。」

讓大家走散的或許不是年少無為，是因為年少無為卻不自知。

學生時期的感情脆弱，大概就是因為沒有什麼預估風險的能力，而且總是希望別人替我們擺平。有愛，但沒有能力一直愛下去。

而後我們遇到了自以為「更好的人」，或許不是因為對方更好，而是因為我們懂得如何回報對方的好，懂得了如何自己擺平一切，不麻煩別人。

愛情是需要自覺的，雙方都需要獲得和承擔。

只不過年少時我們把愛想得簡單，以為愛是被愛，愛是無限寵溺，天平逐漸失衡，直至打翻。

如果我們要愛下去，必然都先要各自變成更強大的個體。

「沉穩、自愛，而後愛人。」這話真的沒錯。

若不想失去，若不想讓我們的故事完結，就得努力寫下去，這一百步，每個人都得走五十步。愛情從來不辜負我們，只有我們相互辜負。

「我沒資格阻止你奔向更好的可能，但我會努力成為你更好的可能。」

不要讓告別成爲你的軟肋

01

小時候對坐飛機感到很新鮮，久了之後覺得高空旅行太費時間，還沒有高鐵來得方便爽快。但我漸漸對飛機上升和下降時忽然顛簸的瞬間感到著迷，速度帶來不可控的刺激，讓我的身體緊張起來。

物理性的失重比心理上的失重更踏實，堪比生理性高潮，讓人不自覺地刻意感受。

我常常在這樣顛簸的瞬間產生奇怪的念頭，如果這個時候飛機出事墜落，瞬間消失於人世，我會害怕嗎？

思考過很多次，低頭看窗下的高樓、丘陵或者田地，我內心總是平靜的，甚至覺得坦然，如果生命終結於此也可以心平氣和地接受，如果非要有什麼要求，可能就想對父母和戀人說一句「我愛你」。

都說人年輕的時候怕死。我還這麼年輕，卻在命運面前學會厚臉皮了，不知道是不是開始老了。

不知道從什麼時候開始，我對於生活中的終結時刻充滿鈍感，後知後覺，只是在日後的某一天忽然想起才意識到：「哦，原來那時候就結束了。」

挽回不來，只好作罷。

我越來越發現，很多人只知道如何相遇，卻不知道如何面對分離。「告別的能力」其實挺重要的。

不管是對事、對人還是對於一種狀態，一旦心有喜歡或者身有習慣，就開始猶豫不決，害怕失去，離開就變成了一件困難的事情。

有一次一個女孩深夜找我聊工作上的事，她曾經是我的廣告客戶窗口，也是剛畢業，去到心儀的公司，但因為一些意外跳槽出來，如今面臨新的就業選擇，卻捨不得原來相處和諧的同事和開明的老闆。

「我真的捨不得那些人，如果離開了，我大概會讓一些人失望吧。」

她說的我完全理解，六月份要離開實習的工作時，我也有同樣的困惑。

一邊是像家人般的同事和一直喜歡的公司，一邊是僅有一年、藏著無限可能性的Gap Year，我一邊想留住現有的美好現狀，一邊又想去看更大的世界，看看自己的上限。

我一直拖延著，沒有給出答案，對於別人的期待我向來是不太敢辜負的。直到實習結束前幾天，人事的同事催了又催，我才慌忙地把這個問題拋給了總監亮哥，將糾結和野心一併袒露。亮哥說其實我自己心裡早就有答案了，他留給我一句讓我印象極為深刻的話：

「不要讓告別成為你的軟肋。」

糾結著的那根弦忽然被扯斷了。

人在一些時刻，既要懂得理性上的衡量利弊，也要懂得感性上的全身而退。於是我狠狠地記住這句話，和所有人愉快告別，離開，去到新的，不一定好但絕對不壞的未來。

03

前幾天回家，我和我哥聊了一會兒，這個今年三十歲的男人，坐在我面前，忽然開始談論起女朋友、房貸和婚姻的壓力。

我是有點不習慣的。畢竟他是我從小的動漫、遊戲啟蒙者，我們談論的話題大多無用，他不會問我月薪多少，只會問我有沒有看過《一拳超人》，不會和我說要去相親，只會和我說哪部電影改編成了遊戲，或者他買了新的遊戲機。

我想起很多年前去他家看動畫片、打遊戲、玩PSP，我姨丈（也就是我哥的爸）總是坐在沙發的最右邊，安靜地看報紙、看球賽或者打瞌睡。他很年輕的時候就生病，胃不好，吃了幾十年的麵條和花捲。

姨丈很早就退休了，有時候忽然發病會倒在家裡，尤其是半夜。因為擔心，我哥的睡眠也習慣性地變淺，一點點聲音都會醒來，看看爸爸還好不好。

我哥很會玩雙節棍，都是自學的。我一直以為他喜歡這個，但他說他從小就知道自己應該成為一個有力氣的人，去背或者抱生病的爸爸，所以這些年來不自覺地養成了健身的習慣。

他現在的樣子可以保護爸爸了，姨丈卻在兩年前的夏天倒下就再也沒醒來過。

「其實早就想到會有這麼一天的。」他告訴我。

一邊僥倖又一邊擔驚受怕的感覺真的不好，所以不得不學會主動隨時地做好和一個虛弱的人告別的準備。

這是我們第一次坐下來談論這些事情。在此之前，我以為大家都和我一樣，對親人的離去感到驚異不已、措手不及。

在家的時候，家人都喊我「妹妹」，不管是我哥、姨媽、舅舅還是外婆，桂林話特殊的音調讓這兩個字念出來都讓人憐惜，有保護慾。

的確，我從小就是一個在家裡被保護以及被寵愛的最小的女孩，我一直以為我已經很堅強了，長到很大的時候才發現其實自己是一個軟弱的人。

或者說，我是一個非常非常不懂得如何告別的人。

畢業之後的半年裡，我真的面臨了許許多多次的告別，說了很多「對不起」、「再見」和「謝謝你」。

現在的我，不再以學生時代簡單的思考和樂觀的態度打量一切關係、友情和愛情，接受所有主動和悄無聲息的告別。

生活隨之進入了一個新的階段，的的確確，說完再見的人備感孤獨。我開始接納這種孤獨，自己去消化它。

最近我很喜歡的歌手Lana Del Rey出了首新歌，我斷斷續續地反覆播放了一個多星期。無論是歌詞、旋律，還是電音部分的刺激都深深捆綁著我，總之，我又一次被Lana的歌打敗。

這首歌時長九分鐘，是Lana所有的歌中最長的一首，她解釋說：「總會有人希望在夏末的長途驅車途中沉浸在電吉他的氛圍裡。」

我忽然覺得好浪漫，原來夏天的末尾是那麼值得去體會和虛度的。

歌詞裡一句「as the summer fades away」（隨著夏天的銷聲匿跡）讓我忽然感嘆起來

得太快的秋天，我本不喜歡夏天的，因為怕熱，但這個時候我真的因為夏天的逝去而難過。

於是去了大理，在那裡度過了如夢如幻的幾天。

「Nothing gold can stay.」

任何黃金事物都無法永存，夏天也不會，度過了那幾個美妙的夏天的日夜，我正式與夏天分別。

我把短袖和輕薄的襯衫洗乾淨，疊好收起來，換上秋天的燈芯絨外套和毛線針織衫，一樣妥貼，一樣很好。

生活不是一個反覆把新事物累積起來的過程，而是一個更替和交換的過程。生命其實就是一次又一次換季，我們深刻浸入地體驗，在高峰和低谷之間擴展自己的情緒値域，然後成為擁有更多豐富體驗和思緒層次的人。

我特別喜歡歌裡的最後一句歌詞——

If you weren't mine，I'd be jealous of your love.（如果你不曾屬於我，我會無比嫉妒你的愛。）

那些出現在我的生命裡的人，我始終想好好寫寫他或她，但總是因為沒有想清楚或者懶惰而擱置，等到我覺得我們的故事即將完結，我會開始動筆，筆觸真實而溫柔，如他或者她對待我那般。

生而為人，我很貪心。

但你已經給了我最好最好的愛，我不會貪心更多了。

那些每天都覺得自己沒錢的年輕人

01

去年年底的時候，我度過了一段經濟上的「艱難時光」。

頭腦發熱，我把存下來的錢都去存了定期，三個月內提不出來的那種，帳戶裡只剩下幾千元來支撐日常生活。我本想用這種方式強制自己存錢，沒想到在一筆「巨額」的考試報名費之後，錢真的所剩無幾，只得每日按時去學生餐廳報到，更不敢逛街、買網拍了。

大三開始後我幾乎沒向爸媽要過生活費，有時候也會得到他們以「獎勵」為由給我的補助，但時不時買些禮物給他們也算是扯平。長大的一個重要標誌就是不再和錢過不去，但也常常在錢上死要面子。期待用經濟獨立昭告成人之後的真正獨立，不料卻在這條自由的路上走得巍巍顫顫，好幾次想在電話裡向爸媽暗示自己最近「手頭有點緊」，但咽了咽口水還是把話咽了下去。

那時《淑女鳥》剛上影音平台，我和一個朋友在拉麵店一邊分吃一碗番茄麵一邊看完了這個女生番茄般酸澀的青春期。

這個叫克莉斯汀的高三女孩出生在一個叫作沙加緬度的地方，典型的那種「渴望出逃的小鎮姑娘」形象，一頭紅髮，任性而叛逆，與周遭的世界有些格格不入。她希望自己酷一點，於是自稱「Lady Bird」，不知道是不是希望像小鳥一樣飛出這座偏僻的小城市，總之，她是個普通卻為自己的普通感到噁心的叛逆期女孩。

她的青春期就和這部電影一樣瑣碎卻真誠——談過幾段看似美好卻以失敗告終的戀愛，為一段差點走到陌路的友誼而難過哭泣，和爸媽永遠沒有超過一小時的和平關係，一言不合就炸毛。

這個看起來有點不討喜的克莉斯汀沒有遇見英俊的吸血鬼，自己反而變成了家中的「吸血鬼」。想擺脫平庸生活的淑女鳥對媽媽說：「我想去紐約讀大學。」

可是淑女鳥的家裡並不算富裕，爸爸工作的公司正在裁員，媽媽也只是一個普通工薪階層，面對女兒的願望，他們顯然力不從心。生活的壓力讓媽媽也沒了好脾氣：「我和你爸爸負擔不起學費，你知道嗎？你當然不知道，因為你只顧自己！」

「你知道我們養大你要花多少錢嗎？」媽媽被氣到了。

「養大我需要多少錢，長大了我會賺一大筆錢！還清我欠你的，就可以再也不用搭理你了！」淑女鳥這樣說。

是否隱約覺得這個畫面有些熟悉？很多人小時候可能都說過類似的氣話，或者暗暗地發誓，等我成年了賺錢了，就逃離這個家，跑得越遠越好。可是真正長大了之後就開始後悔了，發現自己當時不僅是幼稚，更是天真——養大自己需要多少錢？多少錢都付不起。

我一想起來就覺得失落了。到了二十幾歲，不僅沒有得意復仇，依然是個討錢的姿勢，那點膽量，卻越發癟了下去。多的是一種羞愧感：我都這麼大了，怎麼還在向家裡要錢？

越來越多的年輕人因為「沒錢」感到愧疚。二十歲出頭的自我覺醒和掙扎，打開錢包就能找到。

我發現越來越多的人每天都在說自己「沒錢」、「窮」、「吃土」，並且對此感到很愧疚。我相信是真的，因為大部分的人進了大學之後的消費水準開始登上一個新的臺階，不是因為生活費暴增而「主動上樓」的，而是被周圍的同儕、社交網路、百貨公司櫥窗廣告等「推上樓」的。

有哪些時候讓你覺得自己的錢包和心被爆擊？太多了。

宿舍裡，你拿出開架式保養品的時候，對方桌上的肌膚之鑰和海洋拉娜擺了一排；當你還在抹曼秀雷敦的唇膏，對方各種名牌口紅裝滿了一個收納盒；SNS上，你盤算著節假日去哪裡玩，車票搶不到，到處轉發求大家幫忙搶，朋友早就直飛歐洲，開始了買買買和拍拍拍的行程；因為家庭條件有限，你只能選擇考國內研究所，看著別人可以出國讀書見世面，心裡有著說不出的羨慕和沮喪；從家到上班的地方要轉乘兩次地鐵，每個月的房租還是高到讓你在一條裙子面前咬牙放棄，隔壁辦公室的同齡女孩已經在父母的幫助下在大城市買房，也找到了下一份薪資更高的工作。

好多二十多歲的年輕人好像得了一種「缺錢病」，唯一的藥方就是「一夜暴富」。

沒錢對一個二十多歲的年輕人來說意味著什麼？從某種程度上來說，意味著「選擇少」。

選擇多少並不意味著你是一個失敗者，卻意味著你需要來一場逼迫中求生的苦戰。意味著，你需要延遲滿足，並且在這個延遲的過程中付出努力。

我想起在知名網路平臺上看到的一個關於「沒錢」的故事：一個網友說自己有一次買了YSL的口紅組，裡面有好幾支不同色號的口紅，鄰座是班上一個家庭環境不是很好的女同學，但兩人交情還不錯。女同學對口紅很好奇，於是網友拿出來讓她塗了試色，效果很漂亮，女同學也表現出很喜歡的樣子。

網友說：「那我送給你吧，因為我這裡還有好多呢。」並沒有炫耀的意味，可是女同學拒絕了。

過了一個多月，網友看見平常拿助學金和獎學金的女同學也買了一支一樣色號的口紅，那是她拿自己一個月的打工薪水換的。

她塗得大大方方。

該網友在文末寫道：「雖然是同一個色號，但不知道為什麼，我總覺得她的那支更好看。」

03

純粹的抱怨和懷疑自己是無用的，靠那些「暴富」的個例被焦慮占滿也是無用的。我們不僅僅要認識到這個世界上每個人的條件千差萬別，更不要忘記了所有的收穫都是時間的玫瑰。我們總是喜歡去誇大那些特殊的情況，然後用某種並不符合常規的標準自我否定。

04

年輕的時候，「沒錢」是暫時的，而不是永久的，窮不是錯也不是Low，也不是你永遠的狀態，窮的是你在手無寸鐵時還目空一切、眼高手低，Low的是你費盡心思去滿足自己的虛榮心。

自食其力是一件很好的事情，首先，你要正視自己「目前金錢有限」這個事實，然後一步一步地踏實工作。錢是好賺的，前提是你不要帶著一張被社會欺負的臉，然後還沒出門就一臉敗相。

你知道前文提到的那個淑女鳥後來怎麼樣了嗎？

她靠努力申請到了獎學金和紐約大學的入學資格，她在十八歲的那天帶著身分證跑到商店，買了只有成年人才可以買的《花花公子》雜誌和香菸。可是我感覺她一夜之間就長大了，忽然就變成了一個真正的「大人」。

她重新用「克莉絲汀」介紹自己，忽然對自己的家鄉、自己的父母也有了無限的諒解。她終於像一隻鳥兒一樣飛走了。她靠自己的努力，接近了自己想要的生活和世界。

她不再在意自己是否來自一座小城市，不再為自己有沒有錢而撒謊，不再抱怨自己平凡的爸爸媽媽，只是為自己換來的新生活感到驕傲。

那些有耐心等待自己越來越好的人，都會像克莉斯汀一樣，有一張越來越溫柔的臉。

最後一次期末考結束時，我才明白大學的意義

01

大學裡的最後一次期末考結束得並不愉快。

一切照舊——依然列印了十多頁資料，依然用螢光筆標記了整本書的重點，依然熬夜背到凌晨三點，背完之後依然覺得這一切都很沒意思。

我對於大學裡的期末考是充滿懷疑的，就比如這學期的最後一門考試，開學時發了課著本，但是老師上課時從來沒有照課本講過課。該科老師從美國留學回來，這個聲音細而嗲的老師課上

得還不錯，比起唸ＰＰＴ，她會嘗試和學生實際的交流，我教評的時候還給了她很高的分數：一是因為她的課堂活躍、不教條，二是因為她曾為行銷人、廣告人，我和她課後的交流很愉快。

這門課是很討好大四學生的：很少點名。有些同學以準備考研究所為由常常缺課也不會被怪罪，課堂討論較為輕鬆，課前分享想說什麼就說什麼，就算說得不是太好，老師一樣帶頭鼓掌。總之，在這門課上，老師給了大家充分的自由，師生之間的相處是舒服的。

也正是這樣一門課的期末考，竟然要從課本上出題，也是到了畫重點的時候，很多同學才想起來——哦？我們還有課本？

老師也很無奈：「我也不是一個喜歡考試教育的老師，但是沒有辦法，請大家理解。」

我們沒有不理解的權利，因為考試分數和學分掛鉤，而學分對於大學生來說，依然是放不下的心結。

我有時候對大學教育體系的情感很矛盾：這門課我很喜歡，也學到了很多東西，但我真的不明白，把那些知識點一字一句地背誦下來然後填寫到考卷上的意義是什麼？

在大學裡，分數和排名真的那麼重要嗎？

02

大學裡最後一堂考試前的那天下午，我路過教學大樓的布告欄時看到一則公告：我們學院同年級一個同學上午考試作弊。雖然只透露了這個同學的姓，名是由「某某」替代的，但因為那個姓不常見，因此大家一眼就能認出是誰。

我著實驚訝了一下，因為這個「X某某同學」是個不折不扣的資優生，考過好幾次班級第一，也是學院裡的榜樣和獎學金的獲得者，平時看起來也是很努力的樣子，難道資優生也會作弊嗎？

到了考場，坐我前面的一個同學問我：「看到公告了嗎？」

我說：「不會吧？」

她說：「我也覺得不可思議啊，但好像應該就是她。」

大家都刻意避免談論她的名字，不能避免的是驚訝和不嫌事大的圍觀看戲心態。

在我們學校，每場考試時，老師都會在黑板上書寫警語：「考試不過還有機會，考試作弊取消學位。」真不知道資優同學為何要冒這個險，在倒數第二場考試時栽了跟頭。

我很詫異，就算是沒有準備好，一次考不好會怎麼樣呢？真的有必要冒這個風險嗎？其實也可以理解，一個習慣了名列前茅的人，一個習慣了教育體系中的高處盛景的人，寧可鋌而走險，也不願意排名下滑。

在大學裡，有時候讀書和考試就是兩回事。你可以把考試看作一個很功利的行為，但一定不能把讀書看作是一個功利的行為。

考試是你獲得成績以追求其他東西的一種憑證，這就和你努力賺錢買貴的衣服、鞋子、化妝品是同一個道理。但讀書不一樣，讀書是不可能用排名、分數去衡量的。

03

大學裡最重要的事情是什麼？

成績、排名只是我們通向某個去處的一紙憑證而已，不是說不重要，而是你得想清楚，它對你而言有多重要？

我就讀的大學並不是最出色的，但我始終覺得這不是一種妄自菲薄的理由，每次我看到我的朋友、學長學姐、學弟學妹，在寫詩、擔任國際義工、玩樂隊、舞台劇表演、募資自己的第一張專輯、創業……在做一切可以表達他們自己、幫助別人、為這個世界帶來一些改變的事情，我就覺得很感動。

大學的意義是幫助我們脫離一個群體的衡量標準，找到自身的評價體系，是從崇拜集體主義下的「優秀」勳章轉變到建立自身的滿足和成功。

不是讓你去成為別人口中的第一，而是讓你弄清楚自己是誰，需要什麼，能為這個世界做些什麼。

十八到二十五歲：一生中最混亂的七年，該如何度過？

01

聽說每七年人體內的細胞就會全部更新一次，那麼也許每過七年，我們就可以成為一個完全不一樣的新的自己。

假如人可以活八十歲，這一生不過十一個「七年」，你覺得哪一個「七年」最重要呢？有人說是「十四到二十一歲」有人說是「二十一到二十八歲」。在我看來，確切地說，是「十八到二十五歲」。

這是人生中非常尷尬而複雜的年齡段——縱使年齡上已經成

年，卻不具備完全的獨立能力，就算脫離了青春期，心理上也沒到成年期，既不能厚著臉皮以「孩子」自稱，又沒有能力成為一個真正的「大人」。

正在經歷著二十二歲的我，目前正經歷著這個「痛苦的七年」，雖然才過一半，已經感慨萬千：十八到二十五歲真是一個難過的年齡段，我說的這個「難過」不僅是「Sad」，還有「Hard」。

前一個「難過」在於沒有擁有配得上野心的能力，不甘心作為芸芸眾生裡的某某，後一個「難過」在於站在十字路口不知何去何從，卻被人催著做出一個又一個自己還沒有想明白就必須決定的決定。

02

前段時間看到有人在SNS上發了一則這樣的狀態：「十八到二十五歲是個混亂的年齡段。有些朋友要結婚了，有些朋友要開始讀碩士讀博士，又有些朋友已經生了小孩，可能還有些朋友依然要遵守家裡的門禁時間。」

大概是這樣的，時間到了此刻彷彿變得混亂起來，所有的難過大概也因此而來。

我們自身的混亂，周圍同輩之人的混亂：

大學考試結束之後，再沒有人為你倒數計時，也沒有人為你出謀劃策。你沒有了壓力卻也喪失了動力，脫離了原來的依靠卻沒有新的依靠，丟掉原有的方向卻沒有新的方向。你忽然就不知道自己要考多少分，該成為什麼樣的人了。在大學考試的大潮裡齊頭並進的同學們步速不再整齊劃一，有的人如黑馬般衝出重圍，有的人卻好像停滯在了某個年紀，彷彿再也沒有什麼長進。大家都變得異常焦慮和敏感，因為變化太突然了，變化的節奏太快了。

我們完全沒有適應要如何在有限的時間裡完成眾多的人生命題——學業、事業、婚戀……

十八到二十五歲應該被認為是人生中的某一個特殊的時期，是一個經歷探索、變化，對未來有重大影響卻並不自知的年歲。後青春期的敏感更為致命，後青春期的疼痛更讓人措手不及。

心理學家肯尼斯頓（Keniston）是這樣形容這個階段的：「在這個階段的年輕人身上，始終存在著一種「自我和社會之間的張力」以及「對於被完全社會化的拒絕」（引用自公眾號Know Yourself）。

有人說所謂的年輕，就是十八到二十五歲，可年輕有時候又像個巨大的負擔，這樣平凡無奇的我啊，配不上這樣的盛名。

03

不知道你會不會有這樣的感覺——人生從十八歲拿到大學錄取通知書的那一刻開始，生活節奏忽然加快。

你和所有同儕一樣按部就班地畢業，進入大學，大學畢業，進入社會，剛開始還是緩步而來，不知不覺已經開始小跑。當你發現所有人都在或明或暗地較勁時，你已經邁開了腿奔跑，並累得氣喘吁吁。我們常常感到累、感到迷茫、感到挫敗和失望，都是因為人生中大部分重要的命題過於集中和濃縮，關乎一生的話題，卻在短短七年裡亟待解決。

在我們生命力和熱情最強盛的年紀裡，需要面對的大部分抉擇，直指未來十幾年甚至幾十年的走向。

常常有人說：「你明明這麼年輕，擁有無限的可能，為什麼總是開心不起來呢？」你想開心啊，但你害怕眼前開心過了，之後會是漫長的失落。矛盾的是，讓我們猶豫的恰恰就是「無限的可能性」——我到底要去哪裡？我到底要做什麼？年輕的時候只想要萬全之策，舉棋不定卻不知道倒數計時已開始：五、四、三、二、一、零。

越關乎人生的重要決定，給我們去考慮的時間越短。

只要是對自己的人生有期待的人，都會緊張吧。所以大家扛不了壓，又害怕沒有壓力，比起生命中的重，我們更害怕虛度了這幾年，會為未來增加負擔。在我二十歲的時候，我曾寫過一篇〈我今年二十出頭，覺得自己忙、茫、盲〉，當我越往後走，發現「ㄇㄤ」並不能概括所有，還有「ㄏㄨㄣ」。

二十五歲之後的生活，如果過不好，大概就是「混」、「昏」、「婚」了吧？

朝九晚五混日子、被生活攪得頭昏腦漲，甚至在家人的催促下草草結婚，日子過得匆匆忙忙，跌跌撞撞。

我這段時間在看導演賈樟柯的電影手記，其中有一篇序是陳丹青先生寫的，他提到賈樟柯在一次採訪裡說：「我在荒敗的小城裡混日子時，有很多機會淪落，有很多機會變成壞孩子，有很多機會毀了自己。」

那時候的他如果沒有無意中看到陳凱歌的《黃土地》，如果沒有勵志做一名導演，如果沒有堅持三年考上北京電影學院文學系，可能他會成為一個無所事事的小混混。

陳丹青先生感嘆於他的誠實，也唏噓於自己的知青歲月裡有太多淪喪和破罐子破摔的機會。

現在有很多年輕人總在問：「誰能救救我們？」

陳丹青回答：「永遠不要等著誰來救我們。每個人應該自己救自己，從小救自己。」

「什麼叫作自己救自己呢？以我的理解，就是忠實於自己的感覺，認真做每一件事，不要煩，不要放棄，不要敷衍。

「哪怕只是寫文章時把標點符號弄清楚，不要有錯別字——這就是我所謂的自己救自己。我們都得一步一步救自己。

「我靠的是一筆一筆地畫畫，賈樟柯靠的是一寸一寸的膠片。」

05

為什麼年輕的時候我們需要努力？

不是我們需要努力，而是因為這個時候的努力是有回報的，即使需要一些磨練和等待，也是心甘情願的。那些內心有火焰的歲月是珍貴的，奔赴的燃料僅僅是一腔赤誠，這樣的熱血年華其實很短暫，不要因為覺得困難就輕易地放棄它，然後放任自己隨波逐流。說十八到二十五歲是最需要努力的年紀，因為在十八歲之前，我們沒有那麼多的能力自我改變和重塑，二十五歲之後，又會被生活所牽制，無法做到真正無拘無束。

十八到二十五歲這七年，是最適合你「自救」的。因為成本最低，而收益最高。

在這段時間裡，我們可以好好利用這七年時間做一些準備，這是一個不斷改變的過程：

不斷地試探並塑造自己的世界觀、逐漸完成經濟上的獨立、摸索並選定未來發展的事業，都是當下重要的事情。

韓松落說過一句很有意思的話：「一定要亂看書、亂看電影、亂談戀愛，使勁地經歷無用的經歷。因為吃了十個大餅才飽，不能歸功於第十個大餅。」

人生未來的路真的還很長，但重要的是你現在正在選定的方向。你現在寫下的每一筆都是伏筆，走過的每一步也都算數。

讓大家走散的或許不是年少無爲，
是因爲年少無爲卻不自知。

而後我們遇到了自以爲「更好的人」，
或許不是因爲對方更好，
而是因爲我們懂得如何回報對方的好，
懂得了如何自己擺平一切，不麻煩別人。

愛情是需要自覺的，雙方都需要獲得和承擔。
只不過年少時我們把愛想得簡單，
以爲愛是被愛，愛是無限寵溺，
天秤逐漸失衡，直至打翻。

若不想失去，若不想讓我們的故事完結，
就得努力寫下去，
這一百步，每個人都得走五十步。
愛情從來不辜負我們，只有我們相互辜負。

「我沒資格阻止你奔向更好的可能，但我會努力成爲你更好的可能。」

知道如何與自己相處，才會懂得如何與別人相處。
你要接受身邊百分之八十以上的人都是過客的事實，
所以更要珍惜那短暫交會時迸發的光亮。

Part 4

珍惜交會時互放的光亮

你擅長用推開對方來試探自己被抱得多緊

01

我打電話給一個遠在南非的好朋友，她最近戀愛了。

如果一個人戀愛了，很多時候會不經意地散發出很多春天般的訊號。

你可以從很多地方發現端倪，即使我倆在兩個半球，她那些「嚶嚶嚶」的表情貼圖、說話時語氣的變化、發布在社交媒體上的特殊風格音樂，還有很多小細節，都會讓你感覺到她的那顆心正在甦醒和生長，情緒充盈而豐沛。

兩人相遇在開普敦的街角，也就不到二十四小時的相處時間，臨行前還客氣、友善地告別，直到已經分別多日，魂不守舍、思緒萬千，才後知後覺地意識到：哦，原來我愛上了對方。

本來就身在異國他鄉，還談起了異國的遠距離戀愛，兩顆孤單又明亮的星星短暫相遇，迸發出了巨大的能量。

好久沒聯絡，聽到她的甜蜜奇遇，我也為她感到開心，但甜蜜中隱隱有失落，因為距離太遠，難免想七想八，患得患失起來。

抓住記憶裡那一點又一點細節添油加醋，勉強為自己拼湊了一篇完美而流暢的愛情奇遇，但想想懸而未決的未來，職業和居住方向未定，又覺得悠長歲月過於難挨，恨不得馬上搬到一起過著老夫老妻的生活。

我們捧著電話傻傻地笑，直到右邊臉頰都被手機捂熱。我說戀愛就是甜蜜的深淵，她在深淵裡游泳，像在異國寂寞的水底忽然浮上來喘了口新鮮的空氣，她笑：

「真是該死的愛情。」

身為一個有豐富遠距離戀愛經驗的選手，我太懂得那種甜與苦交織混雜的感覺：一會兒充滿信心，一會兒不安感忽然襲來。

誰叫遠距離戀愛那根弦基本上是靠手機牽著，看不到表情，聽不著語氣，光憑那幾個字、幾個標點，就足以鍛煉我們的閱讀理解能力和想像空間。

當你興沖沖地和對方分享一些生活中的瑣碎小事時，手機那頭可能只回覆了一個「嗯」就忽然沒有了下文。

那就耐心等一會兒吧。

但等到後面，耐心不僅不見了，脾氣反而大了起來。剛才的似水柔情頓時化為火焰，甚至發起脾氣——

「他／她以前不是這樣的。」

「他／她為什麼聊著聊著又不見了？」

「他／她憑什麼要我去等，要我去受委屈？」

戀愛裡本來是沒有一架天秤的，琢磨、計較的人多了，也就不自覺地有了公不公平這一說，這架天秤出現之後，就再也回不到平衡的狀態。增減砝碼，悉數計算，這種事情一般都是一個人默默地做，默默神傷默默崩潰，另外一端毫不知情。

03

有的人在戀愛裡還蠻胡攪蠻纏的，這些人通常都比較自我。矛盾的是，這份「自我」是一個人與他人區分開來的迷人的緣由，卻常常帶給另一半不小的困擾和折磨。

更年少一點的時候心氣太高，我一直覺得「自我」這東西是一道屏障，幫助我在對方傷害自己之前先給對方來一刀，但後來慢慢長大發現事實並非如此：兩個人相處大部分時間風平浪靜，甜蜜如初，反倒是那一層「自我」讓自己受了不少折磨。

這也就是我們在戀愛中常常對對方做出的「預設」。

我們總說哪個明星設定人設，當面一個樣其實背地的八卦爆出來又是另一個樣，這樣的分裂和落差很容易讓路人對其失去好感，信任漸失。

但很多人在戀愛裡也在無意識地為對方「設定人設」，總想著用我們自己多年來形成的習慣和標準去衡量對方，用我們提前擬好的答案去懷疑對方的問題是否正確。

我們錯把習慣當標準，還沒等對方發問，就已經板上釘釘，不容差錯。

這樣真的很累啊！

成年人的世界裡，工作和生活已經占去了大部分精力，剩下那可憐的一點給了愛情（更何況有的人還沒有愛情）。

不是說不能發脾氣，最開始一次兩次還算是情趣，多了就成了負擔，甚至變成一道隱密的裂痕。不僅讓對方一臉茫然，更多的是往後的小心翼翼。

04

愛情的迷人之處在於它是一道沒有正確答案的題目，它是開放性的，接受所有或長或短或嚴謹或抒情的解答，細水長流和熱切澎湃並不對立，都是自然而然的結果。

我還蠻喜歡一個社群經營者「斯諾依花姑娘」之前寫過的一句話：

「從不懷疑真心，真心本就瞬息萬變。」

瞬息萬變的不僅僅是那顆心指向的具體對象，還指的它（那顆心）如何去展現它自己。

對方沒有按照你期待中的那樣做出反應，不代表不愛你，愛有很多種方式，不一定是你認知範圍內的那一種。

所以，一段關係越來越深入的前提是越來越多的自覺和越來越少的預設，即我願意降低我的期待，也會為了我們之間達成更好的關係去做更多的努力。

我之前寫過一句話：「**有的人擅長用推開對方來試探自己被抱得多緊。**」

祝我們早日在一段關係裡完成自我梳理，達成共識：「懶得試探，抱緊多好。」

成年人的世界裡多的是「一夜友情」

01

前幾天為了寫稿子，我偷偷重溫了一遍二十三年前的那場短暫邂逅。

《愛在黎明破曉前》是一九九五年的電影，現在看還是覺得很感動，甚至可以從中找到某種縱使是未來也不可及的愛情模樣。

傑西和塞林在火車上相遇，對彼此一見傾心，於是兩人腦子一熱，決定結伴在維也納漫遊，第二天早上各回各家，一個飛回美國，一個返回巴黎。素昧平生的兩個話癆說了一路，從火車站到唱片店、從小酒吧到摩天輪，從生活瑣事聊到對於世間萬物的看法。與其說是看電影，不如說是聽兩個話痨如何聊天。原來戀愛真的是「談」出來的，原來「Soulmate」真的存在。

夜幕降臨之時，他們說好分別之後不再聯絡，而黎明來臨之時，他們承認愛上彼此，並且在分別時慌亂起來。那時候沒有網路，連手機都不普及，這兩個被愛情砸中的人還是貪心，於是反悔，約定在六個月後，當年的十二月，還是在這裡，維也納的火車站，再見面。

愛情電影裡立下的約定基本上都會出問題，如果你看過它的續集《愛在日落巴黎時》就會知道他們其實都沒有忘記這件事，但遺憾的是，當年傑西準時赴約，賽琳卻因為祖母的葬禮遲到了。

有情人終成路人，下一次再遇到彼此，已經是九年後了。我幫他們算了算，從在火車上認識到第二天分離，兩人不過相識了十四個小時。

十四個小時足夠愛上一個人嗎？

足夠了，人在「志趣相投」面前簡直感性得不堪一擊。

有的人初次謀面，就像極了認識多年的老朋友，有的人只是相處幾個瞬間，卻足以更新你從前對於「愛情」的理解。

曾經和朋友討論過——傑西和塞林沒有在六個月後按計劃再見，這是否是一種遺憾？

我說，那得看怎麼界定這兩個人之間的關係了：如果稱之為愛情，我覺得是遺憾的，但如果稱之為友情，我覺得反而顯得更加圓滿。

有評論說《愛在黎明破曉前》和傳統的愛情電影很不一樣，「男女交談與性交的對比，就好似衣著與赤裸人體的對比。前者富有無窮盡的變化、逗趣、偽裝或個性表達，而後者不過是一場買賣」。

在這個故事裡，兩人之間的情緒太過於豐富和複雜，沒有囿於簡單的男女情愛。與其說這是「最好的愛情」，不如說這是人與人之間最好的相處狀態。

傑西說過這樣一段話：「我覺得，愛情有點像是兩個害怕孤獨的人逃避現實的一種手段，說起來挺可笑的，人們總是歌頌愛情的無私和付出，可要是你仔細想想，就會發現沒有比愛更自私的事情了。」

在我獨自生活了一段時間，在不同的城市之間走走停停，認識了一些人也忘記了一些人之後，我才明白這段話的意思：很多人之間的感情都是「一次性的熱絡」，這並不意味著感情是「一次性的」，而意味著我們在享用的時候需要告訴自己：

「要仔細品嘗哦，以後不一定還會有。」

02

我的一個朋友此刻正在英國，我們之間的時差是七個小時。

我說此刻是晚上八點半，寫稿子。她說她剛吃完午飯，倫敦是下午一點半。

上次我們見面是在六月的上海，再上一次見面是去年十一月在鄭州，上上次，也就是我們認識的那天，是去年的十月，烏鎮戲劇節，我們一起在宋家廳值班。

我們很聊得來，我也很享受和她相處的過程。等到戲劇節結束的時候，我急急忙忙地提起行李，她送我，走之前我擁抱了她一下，以為再也沒有機會見面了。

畢業前我去了一趟上海，剛好她在上海出差，我們約著見了一面，住在上海弄堂裡的民宿裡，潮濕的房子，隔壁時不時傳來的麻將聲和上海話。有一隻蟑螂忽然聞見蛋糕味，沿著窗縫溜了進來，她一個女強人嚇得要哭出來。

後來房東來救火，我們出去避難了，在靜安寺附近繁華的、充滿奢侈品店的街道上走來走去，喝了喜茶也看了舞台劇。晚風很舒服，讓人有點醉，我趁著迷糊在一個十字路口擁抱了她一下。

她忽然愣在路邊，問我怎麼了。

「不知道呢，就是忽然很想抱抱你。你要去英國了，都不知道我們下一次見面是什麼時候。」

她說，維安，真好，我會記住這一天的。

我們沒有約定下次見面的時間，我說「英國見」這樣的話她也只是「哈哈哈哈」。但我會一直記得和她在上海閒逛的那個晚上以及突發奇想給出的一個擁抱。

成年之後你就會發現，你能做的只有享受當下，用力地擴張自己的感受力，主動地去表達、去擁抱眼前這個讓你喜歡的朋友，除此之外的承諾，都是徒勞。

成年人的世界裡有太多短暫卻珍貴的際遇，愛情只是很小的一部分，更多的還是撫慰、共鳴以及惺惺相惜。

有很多人說人長大了之後就交不到朋友了，很失望。我覺得不對，你失望是因為你還在用小孩要求朋友的標準要求成年後自己的朋友。小的時候總是會抱怨：「為什麼只有二十四小時呢？」而現在會坦然地接受「至少我們還有二十四小時」。

長大很重要的一個標誌就是，不那麼願意揮霍和冒險了。你周圍百分之八十的人其實都是「過客」，**我們的精力不足以讓我們留下每一個人，我們遇到的人越來越多，但生命這個籃子太小，不可能用力地把每一個都塞進去。**於是我們不要求陪每一個人走下去，也不要強迫每一個人都跟上自己的節奏。

大家都說「有趣的靈魂終會相遇」，但你想過下一句是什麼嗎？

「有趣的靈魂終會相遇，他們短暫交談，哈哈一笑，然後各自散了。」

有趣的人從來都是有自己的方向的，從來就不為彼此停留。你想認識和靠近他們，就得承擔他們離開的風險。

成年人的世界裡多的是「一夜友情」，我們心照不宣地不為對方停留太久，卻在相處的時候放下所有的糟糕脾氣，把最好的那一面送給對方，坦誠、放鬆、輕盈而自由。

不要為分離而悲傷，只需要讓時間安排你們再次相遇。珍惜那短暫交會時迸發的光亮，蘇打綠的歌裡不是唱過嗎？

「是片刻組成永恆啊。」

我爸總希望我缺錢

01

我從小就知道我爸在錢這一塊是很精明的。身為一個金牛座加強迫症，他習慣留發票，習慣記帳，且精確到個位數。

小學的時候沒什麼零花錢，我看中了想買的小東西，想要，就藉著買書買文具的理由揩一點油。老師說交五百元，我就告訴我爸要交六百元。我了解他，如果是和教育相關的支出，該給的他肯定不含糊，一邊告訴我賺錢不易，要好好讀書，一邊還是替我報名了近千塊錢一節的數學課。

他應該也知道我的小心思，但不戳破，只是會說：「省點花，不要養成大手大腳的習慣。」

長大了賺了點錢，來到大城市，離家遠了，生活都是自己在負擔，我有時候的確壓力大，隨口抱怨幾句這裡的物價真貴。

我爸就問我：「最近錢還夠用嗎？要不要我資助一些？」

「有呢，不要擔心。」我笑他，「怎麼總希望我缺錢呢？」

他也笑：「我不就問問嘛。」

02

我明白的，他不是希望我缺錢，是希望我需要他。

來到這個大城市之前的二月初，我買了一支手錶給我爸，看得出他很喜歡，和朋友打麻將的時候也戴著。中年人的生活裡需要這樣小小的炫耀時刻，需要這樣細節處的有意無意地炫耀：「這是我女兒幫我買的。」

但我也明白的，開心歸開心，有時候他也會看著那支手錶感到很矛盾，怎麼女兒忽然就長這麼大了，怎麼要飛那麼遠呢？

這樣說或許有點俗。但真的，掏錢的人更有話語權，哪怕是一家人，也是這樣。

從前我爸老是管我，這也管那也管，吃飯沒吃完管，衣服少穿了一件也管，功課的事情也管，感情的事情也管。我都習慣了。

有一天我發現，他好像不愛管我了，不問了，或者說，不那麼敢問了。

大概是從我說「不用了，我可以負擔自己的生活」那天開始，他忽然就發現，自己好像真的不怎麼可以插手我的生活了。

我發現很多人想得太美好了，誤解了自己和父母的關係——

「你們要為我承擔生活的重擔，還得給我選擇的自由。」

但其實，所有的關係都是平等且互利的，自己沒本事的時候，就得服從。

別人為你的人生盡了義務，難道都沒有替你決定的權利嗎？

很多人總說父母管這管那，不給自己自由，但說真的，如果有一天你不向他們要錢了，你靠自己就可以過著一種「還不錯」的生活，就真的自由了。

但其實「錢」是父母拴住孩子的一條鎖鏈，有的孩子自己剪斷了，爸爸媽媽看著空空的那一端，說不定也不開心。

03

剪掉這條鎖鏈之後的生活是什麼樣的呢？

很爽，但是咬著牙的暗爽。就像在冬天跑得滿身大汗那樣，不舒適，卻也酣暢淋漓。

對年輕人來說，自由意味著不捆綁，也得不到支援。一切都得公平地從頭來過，靠自己從頭開始。這是一條不歸路。

努力獨立，是為了擺脫那一種「被決定」的生活。

我來到大城市，被各種各樣的藝文活動迷得眩暈，見到了很多業內優秀的前輩，有機會共事，有機會參與一些專案，有機會獲得年輕人珍惜的各種成就感。

可是我也深刻地明白負擔自己的生活其實很不容易，現在換了新的公司，是自由辦公的模式，在家的機會多了，意味著吃飯支出提高，我買了一個煲湯的鍋、一個烤箱，慢慢地學會了做菜、煲湯、做蛋糕。

生活很累，很瑣碎，但我可以緊緊握住每一個時刻。

每當這樣的時刻，面對爸媽的問候，我也只能報喜不報憂。每一個在外地打拚、剝離掉層層關係網和人脈庇護的年輕人要吃幾回虧，吃幾次苦才會知道：父母就只能幫我到這裡了。

幫你長大的人可能沒辦法幫你成功。當你意識到這件事之後，就真正長大了。

不再依靠，不再索取和等待，不再抱怨，不再攀比和顧影自憐。

前幾天我去七天姐家吃飯，還有另外一個作者西風姐。她們都工作了幾年，比我更成熟也更有經驗，說起對未來的打算，她們其實也都動過出去讀書的念頭。

我非常明白那樣的處境，工作之後的繼續學習，成本、代價都高昂，如果出國讀個研究所，少則一百萬，多則五六百萬，這不是買一杯奶茶或者點一份外送的小事情，或許是一個家庭長達五年的消費計畫。

可能我周圍很多畢業直接出國的朋友，相較於她們會稍微輕鬆一些，但七天姐和西風姐說出「都這麼大的人了，想去哪一定要自己負擔」之類的話，我還是覺得非常感動。

長大了才會理解，父母可以幫忙買單的夢想是很有限的，多餘的那一部分，要麼咬牙放棄，要麼就透過自己努力去擁有。

我想出國讀書，爸媽必然是願意繼續資助我的，可是自己在讀書之外多出的好多小計畫，比如去歐洲旅行，比如有其他的攝影計畫，比如更多額外的開銷，這一筆筆不菲的費用，我都會自己支付。

人生的後半程，絕對不是拚背景的，有的人的助跑道是加長版，有的人一開門就是一道懸崖。你得認清，然後盡力。

其實最貴的奢侈品就是自由。為了這份自由，你得非常努力才可以。

過幾天我爸要來看我了，我得繼續學著煲兩個湯，把屋子整理裝飾一下，帶他們好好逛逛這座大城市秋天的樣子，好好努力工作，寫稿子，生活。

有一種幸福，是讓自己獨立，然後成為心愛之人的依靠。

那樣才可以坦然地說出：

「我不缺錢，但我缺你啊。」

她沒有男朋友，卻有很多異性朋友

01

「男人沒一個好東西。」這種話除了能在電視劇裡聽到，我還聽一個同齡朋友說過。這個二十二歲的女孩，在談了一次（只是一次）失敗的戀愛之後，不知道怎麼了，對男性（除了她爸）都產生了不小的敵意。

她秉承著媽媽教過的「男人沒一個好東西」這樣的原則，幾乎斷絕了所有與異性交往的機會。上課的時候、吃飯的時候、日常休閒都是和女孩待在一起，與男生的交際大多就是在SNS上按個讚，發布一些日常事務，除此之外再無其他。

那次經歷大概是給她帶去了一些後悔和傷痛，失敗的戀愛的確讓人害怕，因此她緊閉心門，只和女孩交流打鬧。

用她的話來說是「心不動則不痛」。

為了不再次陷入苦楚，索性避免產生任何愛情的可能。

我身邊有一大群女孩子，上大學了，甚至都大學畢業了，如果和男生多說幾句話，都會覺得不好意思，有的甚至還會害羞、臉紅、語無倫次。

這可不是因為產生了愛情，僅僅是因為「不習慣」。很長一段時間裡我也是混在女生堆裡的那個，和一群女生嘰嘰喳喳地上學，嘰嘰喳喳地下課，國中、高中時代，談得上關係好的男同學寥寥無幾。我並不覺得這有什麼問題。

02

但我這幾年來在「交朋友」這件事上出了點意外。

怎麼說呢，有一次忽然意識到，我聊得來的朋友裡竟然男生過半，且都相處得不錯，一改往日通訊錄裡陰盛陽衰的態勢。

我一向認為和女孩生活在一起更舒服，逛街、吃飯、聊生活日常這一類的事情還是和女朋友們一起做比較好。但我忽然發現，和大多數男孩相處的時候是另外一種感覺。（根據我的感覺，我身邊大部分）男生少了很多隱密的小心思，他們在看待一些事情的時候往往更客觀和冷靜。他們不喜歡嚼舌根也不喜歡說壞話，大多數時候有著更好的執行力和邏輯。過了打架的年紀，他們的情感更為內斂，喜歡講道理，而不會任由感性氾濫。

怎麼說呢，和異性相處，很讓人長見識。

我前幾天去參加活動，與一個九〇後的學長短暫地交談，發現挺聊得來。這個學長的星座是水瓶座，看起來沉默且沉穩，但在臺上的時候時不時會說幾句幽默的話，讓人蠻意外的。

他喜歡讀木心的作品，車上放的卻是俄語歌，媒體行業出身，在大城市工作過，因為一個女孩回到家鄉，如今依舊單身，於是去遙遠的國度旅行，見聞這個世界。

他內心有巋然不動的島嶼，也有廣袤無垠的沙洲，對未來的方向堅定又縹緲。

我們聊了很多莫名其妙的東西，比如木心詩裡的語法是否自成一派，比如生活中莫名其妙的失落究竟從何而來，他說他是神秘主義者，而我享受當下的現實生活。他帶我去家鄉當地的小鋪子吃大餛飩、煎餃、灌湯包和麵條，口味偏甜，我不太吃得慣，他又買了好吃的小米酥，把一大盒塞到我手裡。我咬了一口，的確好吃。

當地有家叫「浮生記」的獨立書店，他開車帶我去逛了逛，店主樹老闆也是他的朋友，借了學長的光，我有幸蹭了老闆一杯特調奶茶。

當時我一邊和他聊，腦海裡一邊想到的是《愛在黎明破曉前》裡傑西和塞琳在街上漫無目的地聊天的場景，這樣的溝通必定和愛情無關，或許從今往後我們沒有機會再見面，但我對於短暫的交談上癮，這次談話啟發了我很多思考。

最後離開時他告訴我：「你在臺上和臺下給人的感覺蠻不一樣的嘛，完全不是同一個人啊。」

我說：**「我與人相處時把自己當作一面鏡子，見什麼人說什麼話，如果你覺得和我聊天很開心，說明你本身就是個很不錯的人。」**

於是我們愉快告別，夜晚的城市也很明媚。人與人相處，最快樂的事情莫過於相互理解、相互啟發。

在我很小的時候，我媽就告訴我，多和男孩子交朋友，因為你可以從他們身上學到很多女孩子身上少見的素質。最開始我不信，因為那時候的我對自己蠻沒有自信的，覺得自己並不是男生最喜歡的那一款，而且多和他們說幾句話，都會很擔心自己「發揮」得不好。

後來我發現「和異性交朋友」是一件很棒的事情，不僅僅是談戀愛這一件事情，而是透過其他人，開拓一個自己從未了解的世界和思考方式。

我們從異性身上可以學到很多很多東西，遠不止愛情這一件事。社交媒體常常框住我們的思考，如果把「男」和「女」放在一起，中間的連接詞大多是「愛」、「喜歡」、「追求」，彷彿男女之間除了愛和性，別無其他。

男生和我們完全是不同的生物，他們對於一件事的看法、分析思考、處理方法等，有很高的機率和女孩子是不一樣的。但其實異性之間是有宇宙的，只要你願意去探索。

如果要我給年輕女孩一個所謂的「人生建議」，我可能會提到一點，那就是「嘗試去交幾個你信得過的異性朋友吧」。

異性朋友可以提供我們看待世界、看待問題的另外一種角度，我無法確定這是不是更好的，但肯定是你之前沒有想到的。

男生和女生的思考方式是很不一樣的，或者說，人和人之間的思考方式是很不一樣的。和「讀萬卷書，行萬里路」同等重要的，是「認識各種各樣的人」。見過越多的人之後，我們才可能變得越發平和以及包容。

在他人身上發現自己的美和不足，是我們應該學會的事情。這個世界就像巨大的圖書館，每個人都像是一本書，你遇到的人越多，就會把他們分門別類地歸整在你自己的「世界層架」裡。

你了解過人性的多樣，在「人」這座圖書館裡駐足越久，反而越可以找到自身的定位和價值，越來越清晰地了解自己是一個什麼樣的人。

每當這時，愛情甚至顯得有些無趣了。

談戀愛是一件很浪費時間的事情嗎？

01

李元勝有首〈我想和你虛度時光〉，寫得真好。

我想和你虛度時光，比如低頭看魚
比如把茶杯留在桌子上，離開
浪費它們好看的陰影
我還想連落日一起浪費，比如散步
一直消磨到星光滿天

讀來彷彿只能用溫柔的語調，誰叫這樣的「虛度」在這樣快節奏的社會變得奢侈起來了呢？在崇尚自律和時間管理的今天，把生命浪費在與效率無關的事情上，是浪漫而傻氣的。

我想起很多年前在火車上看到的一部不知名的外國電影，講的是師生戀的故事。老師面對忽然表白的女學生手足無措，他側著臉不敢看她熾熱的眼神：「請你不要把時間浪費在無關緊要的事情上面。」

女孩抱著課本喃喃自語：「可這是愛情啊。」

可這是愛情啊。

愛情就像李元勝的那首詩裡寫的，是短的沉默，是長的無意義，是精緻而蒼老的宇宙。

詩化的東西常常是不講道理的，飄浮在平凡生活之上，美而不具有實際的指導意義。電影終究是電影，到了現實中，多的是煞風景的疑問：

「談戀愛是一件浪費時間的事情嗎？」

「有那麼多時間，為什麼不去多賺點錢？」

知名問答網站裡有一個獲得許多讚數的回答是這樣寫的：

「時間算什麼？命都給她了，浪費就浪費吧。」

留言裡很多人大呼感動，但如果真的為愛情拋棄時間和生命，也許愛也都讓人望而卻步。

現在的年輕人都學聰明了，知道愛情雖好，卻不要輕易嘗試，心碎的感覺是多麼糟糕，不如做一個自得其樂的「單身貴族」。錢都為自己花，淚都為自己流。

02

很多人說戀愛使人改頭換面。

的確，那個曾經被認為是宅男的小林每天都早上七點就起床，開心地去幫女朋友買早餐，晚上定時去接女朋友下課，陪她在操場上散步，很充實的作息；從前那個不修邊幅、素顏示人的小透明化起了妝，每天早早地睡，早早地起，一見到男朋友就笑得甜甜的，竟然開始參加校園活動，唱歌、跳舞、寫劇本，人也變得活潑起來。

可是戀愛也會讓人懶下來。像是兀自奔跑的時候忽然撞上一團又軟又暖的棉花，好舒服好快樂啊，讓人真的很想停下來。像一個甜蜜的深淵，覺得只要有對方，一切都不重要了。從前以為重要的事情，這時候都比不上對方的一根小指頭。

可是這樣的日子持續不了多久，就顯露出了問題。

大學裡的愛情，其實大多日常活動就是吃飯、逛街、看電影。這樣的日常一次兩次還好，多了不免讓人覺得有些乏味，還有一種「計畫被打亂」的感覺。

以前單身的時候，時間都是自己的，自習、休息或者聚會，想去就去，不用詢問任何人的意見。但現在行動和另外一個人掛起鉤來，多少有點不適應。

而且自從談了戀愛就離不開手機了，不是聊天狀態就是待聊天狀態，剛翻開書沒看兩頁，手機上出現一句「想你了」，又得回應。好不容易放下手機重新拿起書，看到一個有趣的比喻句，又不自覺地拍給對方看。

離得遠，不能不聊天；離得近，每天又總膩在一起。原本規劃好的生活這下都被打亂了，忽然覺得談戀愛好浪費時間，心中不免覺得煩躁起來。

03

死黨談戀愛的時候，每晚都失眠，但不是興奮得睡不著。她男朋友是個文青，深夜總是矯情病犯了，就開始透過通訊軟體找她聊天，她就帶著一腔的溫柔去開解他。因為兩人是遠距離戀愛，就抓住一切能溝通的時間溝通，手機不離手，時刻同步著彼此的動態，生怕錯過對方的一點消息。

這樣的日子很甜蜜，但甜蜜之下也有著隱隱的負擔。那時候覺得戀愛就是要犧牲時間的，為了對方我們可以沒有下限地削減自己的生活時間，甚至放棄其他的事情。

那種「失去自己的生活」的戀愛狀態讓她覺得很糟糕。

如今她分手快一年，前幾天投遞了新的履歷，期待著去新的環境過新的生活。我問她打算什麼時候找個新的對象呢，她說不急，現在一個人的狀態好得很，想多享受一下。

「單身的時候，我覺得自己充滿鬥志。」她說。不用時刻切換狀態，不用為了別人的事情操心，每天開開心心地關注自己的未來，多好。

我周圍很多朋友分手也是這樣的原因，覺得談戀愛「拖累」了自己。

一是因為和不適合的人談了戀愛，二是因為和適合的人談了（相處模式）不合適的戀愛。

畢業季之所以是分手季，就在於雖然每個人都過了四年大學生活，但成長的速度和學習的積極性相差甚遠。二十多歲的時候，每個人對於愛情的態度，也決定了愛情的結果。要當下，還是要未來，選擇不同，結果自然不同。

我見過太多分開的情侶，不是不喜歡，而是「喜歡，但耗不起」。

「耗」這個詞分兩種，一種是沒有感情卻強撐著在一起，一種是雖然在一起，但彼此的進步速度早就不可同日而語了。

覺得戀愛浪費時間，因為是清醒的，意識到了與眼前這個人的親密關係已經不自覺地侵占了自己的時間和空間，打亂了已有的生活節奏。積極與對方溝通，調整相處的模式和時間，共同進步或當斷則斷，是相互尊重的止損做法。

04

有時候我和在美國的媽媽講電話，她說起自己的日常，丈夫上班的時候，她會跟著書上做些糕點和料理，或者去周圍的公園散步，或者泡杯咖啡看一下午書。週末他們會一起去逛商場，或者去看電影，買很多漂亮的裝飾品裝點屋子，慶祝節日以及各種各樣的紀念日。浪漫到像LouReed的那一首Prefect Day（完美的一天）。

我時常問她，每天這樣生活不會無聊嗎？她說：「到了我們這個年紀，這樣的生活節奏剛剛好。」

人到中年時並不需要再試圖費力地開拓生活的荒原，只需要耐心耕耘已有的花園和草地就已經足夠。他們有著更穩固的心理狀態和生活資本，才不會覺得浪費時間。

戀愛不是不好，也不是不談戀愛就萬事大吉，只不過不是所有的人都有虛度時光的權利，不是所有的年紀都有本錢擁有這樣鬆散浪漫的生活。

我曾經也以為只要兩個人相愛就夠了，其他的都不是問題，可是我錯了。在沒有辦法相互許諾並創造未來的時候，消耗此刻的戀愛是很薄弱的。

那愛情就不重要了嗎？是否我們需要拒絕一切親密關係，只要沿著自己的未來向上爬就好呢？戀愛既然浪費時間，索性不要談了嘛。

「不，不是這樣的。愛情的美妙，其他一切事物都不可取代。」我一直這樣告訴自己。

只不過不能保證自身進步狀態的戀愛是浪費時間的，透支著彼此的未來、換此刻單薄的快樂是不負責的行為。很多小情侶懂得享受當下，卻不試圖建立更穩固的親密關係，拓展共同更廣闊的未來。

天真的愛情是一起幻想未來，可成熟的愛情是一起創造未來。天真的愛情處心積慮、排除萬難為這良辰一刻，可成熟的未來是試圖包攬彼此長長的一生。

別著急，我們又不趕時間。

致感情中缺少的安全感：「被溫柔以待，卻悲從中來。」

01

去韓松落老師《我口袋裡的星辰如沙礫》的簽書會，我對他說的一個詞印象深刻：比肩而立。

韓老師的聲音很溫柔，但聽到這四個字的時候，我還是覺得內心隱隱被擊中，某些飄忽不定的東西忽然沉了下來，結結實實地落在了地上。

「以前我和很多前輩在一起的時候，常常想的就是，什麼時候我可以和他們站在一起，我是說，真正站在一起。這麼多年後，我覺得我做到了，和那些我欣賞的人，肩並肩。」

韓老師說這話的時候，我坐在第二排的位置望著他，感覺有人說出了我內心的話。雖然我們經歷過的事情、遇過的人是不同的，但是有些內在的東西是相似的。

我們似乎是同一種人：不習慣麻煩別人，渴望被理解，卻不希望被拯救。

自卑和怯懦是人的常態，不論對方在我們看起來有多麼光彩照人，在發光的外表下，內心依然對著更耀眼的人有一種自嘆不如的膽怯，雖然和對方站在一起，仍然覺得自己不夠好。

我們常常感到自己的渺小，卻不渴望得到誰的拯救，唯一的願望就是，飛得再高一些，跑得再快一些，才能內心不帶波瀾地和仰慕的人真正站在一起。

02

沒有落差的時候，相處起來才是一種真正的舒服，不需要包容和照顧，也不需要偽裝和試探。

有太多落差的感情，會讓人很累。朋友說起過去一段失敗的戀愛，仍然心有餘悸。「我不敢想像，我這樣一個自我的人，是如何一忍再忍、一退再退地包容他的。」朋友談了兩年的男朋友在我看來不過是一個不學無術的無業青年，憑藉著自己畫過幾張評價尚可的畫，畢業兩年還整天遊手好閒地等女朋友忙完一天的工作，回到租的房子裡買菜做飯，自己每天無所事事，美其名曰「找靈感」。

我的那個朋友是一個剛畢業不久的設計師，常常接一些平面設計的工作，雖然報酬不少，卻都是拿命在工作。一個二十多歲的女孩子天天對著電腦熬夜，時常抱怨失眠和頭暈。我心疼她，罵她不好好照顧自己，話到後面都轉向了她家裡那隻米蟲。

每次我言語稍一尖銳，朋友連忙解釋：「維安，你可能不懂，我是最了解他的那個人，他有才華，我相信他。」

我笑：「一個懶蟲再有才華也是白搭吧。」

她反駁我：「至少他是愛我的，而且我現在也可以負擔兩個人的生活啊。」

我啞口無言，在「愛」這個字面前敗下陣來。

「至少他是愛我的。」這樣一個深刻又膚淺的理由，好像回答了什麼，又好像是一句廢話。過了好一會兒，我認真地敲了幾個字回覆她：「如果一個人真的愛你，就應該無法接受你們之間有太大的差距。」

我怕她還不明白，自顧自地補了一刀：「生活費你可以幫他一起負擔，愛呢？你也可以一人負擔兩人份？」

有個詞叫作「恃寵而驕」，一個人付出了所有的愛，另外一個人只是理所應當地享受著。雖然這是別人的事，但我想在一段感情中，一個太鄭重其事，一個太理所應當，大概不是好事。

03

我想起很多年前媽媽對著戀愛中的我說過一句話：「**你不要妄想著去拯救誰，你誰都拯救不了。**」

我們都太習慣被別人照顧了，太習慣找各種各樣的理由去推脫自己失落的來由，可明明我們做的事情微乎其微，卻總是希望別人幫我們承擔。

世間很多事情都是如此，愛情、親情、友情，我們都需要一種自覺。

還記得去年年底的時候爺爺走了，他發病的前一個晚上（也就是幾個小時前），我在學校打電話給爺爺奶奶，當時是奶奶接的，說爺爺在洗澡，我說那我等一下吧，她說太晚了，下次再說吧。

「好，下次吧。」

然後就再也沒有下次了。

從那之後，我真的覺得很多事情都宜早不宜遲，每次我幫奶奶或者外婆買衣服啊吃的啊什麼的，她們都帶著那個年代獨特的口吻說不用了，但心裡是知道的，日子已經開始倒數著，不能再把「你還小，以後再說」當作藉口。

遇到我所羡慕的年長一些的朋友，對方的學識和眼界都高於我太多，交談起來的時候常常覺得自己渺小淺薄，更不敢班門弄斧，生怕貽笑大方。每次她都照顧到我的情緒，對一些說出的文學、藝術方面的問題等多加解釋，也總在人前給我很多照顧。每當這個時候，感激之後還有一種自我的警醒，我想要成為有一天不需要被姐姐特意照顧，也能交談和思考得很好的那一個。

不拖累他人固然是美德，我們也沒資格將別人的照顧當作習慣。

之前有人問我，你覺得在愛情裡哪一句話讓你感動？

大概就是那句再日常不過的：「你站在那裡別動，我過去找你。」

這是一個找不到地方的路痴在抓狂中緊握的一根稻草，稻草是那麼細，卻從手中把心都勾走了。大概每一個女孩都喜歡這樣的人，他願意包容你的小情緒、缺點、負面的一切，並且告訴你：「你這樣就很好，你不用改了，我全部接受就好。」

於是我們就滿心歡喜：「對方真是太好了。」在一種毫無壓力的關係中舒坦，所有的舒坦都通向一種空缺的感覺，那是我們所有焦慮和不安的來源。

對方的好，我們不能沒有來由地接著，雖然這不是交易，但感情是一種能量，需要相互流動。

就打一個簡單的比方。男朋友說：「吃胖了沒關係，我不嫌棄你啊，肉肉的很可愛。」但或許不是每個男生都是打從心裡覺得女孩胖起來很美的，因為是喜歡的人，所以怎麼樣都是喜歡的。可是我們不能因為別人說沒有關係，自己就也覺得沒有關係了。保持體態和身材，保持漂亮的那一面給喜歡的人，是我們回報對方的愛的一個可愛的方式。

容忍和包容是一種愛，在被包容中依然奮力地讓自己變得更好，也是一種愛。

然而無論過多久，那些我們不喜歡的部分還是不喜歡，無論對方給我們打多少強心針都沒用。

這應該是一種自覺。就如同在對方主動過來擁抱著自己的時候也張開手緊緊抱住他，而不是僅僅被擁抱著，雙手無動於衷地垂著。

你願意接受我的缺點和毛病是你的事，可努力想變得更好，擁有和你比肩而立的能力，是我的事。

你不必擔心我，我會尋著你去。請你就按自己的節奏往前走，我會跑起來，追上你。

我們甚至要做好
沒有愛情也能活下去的準備

01

朋友問我：「如果找另一半，你最看重對方的三個特質是？」

我的回答是：「可靠、溫柔、有本事。」

朋友就笑了：「這很摩羯。」

其實我在愛情裡，包括在生活裡的很多場景中，是一個並不太摩羯的人，常常被誤以為是射手座或者水瓶座。大概是因為我是相信自己直覺的人，我的理智和冷靜往往不是用於篩選，反而是為了促成感性直覺的願望。

我是一個有臉盲症的人，常常

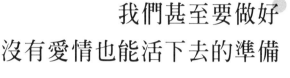

見過一面的人換件衣服、換個髮型就會被我忘得一乾二淨。說出來可能有些荒謬，有時候我甚至會不太記得起戀人的臉龐，對方五官的輪廓大致可以描摹，但始終像失焦般模糊，不能回憶起清晰的面孔。

但我擅長的是記住兩個人相處時的感覺、狀態和在一起時的那種氛圍：室內的溫度濕度，室外光線敏感的變化，對方的體溫，嘴唇的柔軟程度，衣衫覆在肌肉上的那種感覺，或者頭髮的觸感，說話時音調的高低，我都記得清清楚楚。這些零碎的記憶在回憶裡將這個人拼湊完整。

縱使暫時分離，但這個人在記憶裡遊走，面孔不清晰，但鮮活溫暖。

我覺得這樣是有好處的，每一次見到對方的時候，又有新的感覺，我不會在感情中定下標準：他應該是什麼樣的。

一旦這個標準成型了，心上人就被綁在了岌岌可危的高處，稍有偏差就會墜落。

沒有期待和預設，是件好事。

因為一旦真心被辜負，就容易衍生出很多讓人遺憾的表達，比如「渣男」。社交媒體上好好先生太多，一旦遇事惹上嫌疑，常常被貼上渣男標籤，引得一大群女生失望連連。不僅是明星，對我們周圍的普通人來說也是如此。每當我們把一個人捧得很高，單方面給了他諸多期待，然後不斷強化某種特質，是危險的。

這像極了第一次談戀愛的狀態，覺得對方好，且定會一直好，永遠好，更加好。

但很可惜，大多數人不完美，只是你自以為對方很完美。在網路上，大家的三觀極易破碎，也極易幻化為各種形態。在無數的人設建立又崩塌之後，我們會意識到，對於愛情的浪漫幻想還是不要寄託在他人身上為好，不然出了問題，傷心至極。

這樣說雖然有洗白的嫌疑，但「渣男」這樣的論斷本身就是主觀的，帶著委屈情緒且過於樂觀的期待，因為我們把另外一個人看得太重要了。

我看過一個人說：當我們譴責一個人是渣男的時候，有可能是我們得到的回饋跟不上我們的期待，或許對方不過是和我們同樣年紀，一樣無知且迷茫的人，他們的脆弱和迷茫、笨拙和局限，也讓他們負重前行。

我時常覺得社群媒體上有很多愛情故事被誇大和美化了，輕輕鬆鬆地被貼上標籤，被區分好壞，一番讚美（貶損）然後交付到讀者手上。

這樣可能造成一個後果：我們對愛的感知能力會弱化，我們表達出來的感情也會越來越容易走向毫無層次、非常扁平的極端。

把是否為你花錢和是否愛你聯繫在一起，或者用各種各樣的方式去證明什麼樣才是「最好愛情的模樣」，這些製造出來的標準限制了我們對於愛情豐富的想像，也常常讓我們對於現在擁有的感情感到失望。

道長在節目裡說：「我們甚至需要做好沒有愛情也能活下去的準備。」在我看《我執》的時候，常常感受到這種感性理性並行的戀愛觀，並且被打動。

這消極嗎？我並不覺得這是一件消極的事情，反而認為這是一件很勇敢也很有必要的事情。

我們太習慣於控制風險，因此許下承諾以求心安，而不巧的是，這是一個太容易打臉自己的時代。我們的控制欲越強，就會有更大的焦慮，我們無法逃過變化，不如順應所有的變化。

我想起博主@sounderoysters寫過的一段話：「如果有什麼是女孩要懂的道理，那麼應該是，愛情是你的社交生活，而不是生活，結婚生子是你的人生選擇，而不是你的人生。」

我不會呼喊著鼓勵大家：「戀愛有什麼好的，還是多賺點錢。」我只想在慢慢感知的過程中提醒自己，也提醒所有我關心的人：「不要拒絕愛，但需要更認真地對待它，努力累積自己除了愛之外的其他東西。」

一個健康的人在一段健康的愛情裡，應當是分裂的，是可以依靠自己，也可以依靠對方，不用咬牙切齒地去證明什麼，也從不為難和委曲求全。

戀愛是一個不斷消耗自身能量的事情，但同時也是和對方交換能量的過程，有的不是競爭，不是利益交換，不是揣測和隱藏。**愛情是接納那點溫柔寵溺之後的萬千變故，包括爭吵、離別、現實所困的難言之隱，還有激情過後的平淡無奇。**我們不能為了避免所有的負面可能性，放棄自己的欲望和探尋的第一步。

愛不是被愛，不是「對方應該為我做什麼」。

愛是內心不可壓抑的衝動、付出的熱烈以及那種心動帶來的迴響和共鳴。

兩個獨立的人反而可以擁有更多強烈真誠純粹的愛，不會死抓著不放，也不會為未知戰戰兢兢。

04

大部分人或許有過一些感情經歷（當然，沒有感情經歷也不是奇怪事）。那些愛過的人，不過是一個一個影子層層疊疊，構建出了我們如今生活和內心的明暗面。一個一個經過，逐漸塞滿過去的人生。

最開始的如同大石塊墜入，轟然作響；再後來的如同小石子，靈巧鋒利地見縫插針；接著是流沙般緩慢入侵；直至遇見一個水一般的人，可以包容一切，把最後的縫隙都填滿。

我們以為自己已經擁有銅牆鐵壁，心裡的空餘被消耗殆盡，於是築起自己感情裡的結實防線，可以抵禦任何情感的入侵。

但可惜的是，越是堅硬得密不透風的牆，越被束縛著得不到喘息，以至於忘記了自己的筋骨脈絡如何擺放。

這時候那個人出現了，不試圖拆除那一磚一瓦，也不試圖從細密的裂縫中撬出一朵花，只是站在你對面，溫柔一推，所有的城池便轟然倒塌。

習慣了見招拆招，卻抵抗不了迎面而來的一個擁抱。

沒有一個人抵抗得了純粹、真誠和溫柔的愛情。越是那些以為自己對人情世故了然於胸的人，越是不能。

不孝有三：不考教師資格、不考公務員、不回家鄉工作

01

我前段時間滑SNS，看到一個大四學弟的發文：

「不孝有三：不考教師資格，不考公務員，不考研究所。」

我對這個話題很感興趣，就和他聊了聊，採訪的時候順便發了一則動態和讀者們聊聊，不到一小時，動態下方就有了二百多則留言。因為我小時候被管得不算多，在人生重大的選擇時刻基本上都靠自己，父母只是會給我參考意見。如果不是這次聊天，我可能不會得知那麼多經驗之外

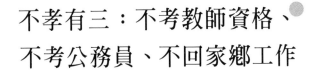

的事情：

有那麼多的年輕人，才二十多歲，人生就好像已經被安排得明明白白了。

很多故事是相似的。高中被管夠了，大學拚了命也要跑出來，好不容易到外地念大學，自己施展了一下策劃人生的才華，臨近畢業，父母開始召喚著：

「女孩子當老師多好，有假期，還不累。」

「現在經濟環境不好，公務員多好，有穩定的薪水，不容易失業。」

「你跑那麼遠幹嘛？在家附近找個工作就好了，你有個意外怎麼辦，我們怎麼照顧得到你？」

每次要和父母談談理想，他們會劈頭蓋臉地叫你學著現實一點。

為什麼有那麼多的父母認為教師資格證、公務員或者說家鄉的穩定工作才是人生的C位？一旦我們不遵守，就會有「不聽話」、「不懂事」、「不成熟」的標籤貼上來。

人生已經如此艱難，我們要如何才能「孝」著活下去？

「什麼才是『孝』？我們是否可以在這些人生方向的決定上與父母達成共識？」我就這個話題採訪了周圍的一些朋友和同學，發現這與其說是我們與父母之間的戰爭，不如說是爸媽腦海裡自己與自己的戰爭。

學弟濤濤在我看來不太適合做公務員，因為他坐不住，愛玩。以前我幫他上過課，下課後他騎著機車帶我到附近的小巷子裡吃燒烤，拉我去遊樂場玩跳舞機，假期回去有空會約著我逛街、吃小吃。

他大學就是在家鄉讀的，我還記得他報志願的時候想填外地大學，硬是被父母改成了本地大學，讀的科系也是相當「熱門」。

現在升大四，學校馬上要安排實習，可以去外地。他期待去工作，但家裡不准，爸媽只給了一個選擇：考公務員。

爸媽說：「考到你考上為止。因為公務員穩定，有固定薪水，你會輕鬆一點。」

但他有點難過，如果這一次再不出去，怕自己一輩子都沒有什麼機會出去看看了。

濤濤和父母的關係一直很好，從小到大也都習慣聽話，可能這反而把父母「慣壞」了。當他提出想去某個城市試著找找工作，得到的評價是無理取鬧和任性。當晚的新聞說那個城市刮颱風，父母就以「那裡很危險，颱風天說不定會被東西砸到」之類的理由搪塞過去了。

他今年二十一歲，媽媽告訴他：「只要你還沒有結婚，就一直是小孩。」

但他希望可以像個成年人一樣為自己做一次決定。

03

我的讀者lululu考教師資格是為了不當老師。

半年前拿到教師資格的她其實並不想當國文老師，但教師出身的父母根本沒有給她拒絕的權利。

才大二的時候，爸媽就三不五時打電話要她準備考教師資格，lululu嫌煩了就氣沖沖地去報了名，但她在報名前和父母說好了：「我先去考，如果考到了，你們就得讓我自己決定。如果我在外面闖了兩三年都沒什麼起色，我就回去當老師。」

父母說：「好，你先考。」

lululu備考的時候壓力很大：「題目並不難，面試也順利，但我真的好害怕如果拿不到又得浪費半年，就不能去實習了。」

好在一切順利，她真正喜歡的工作是編劇，即將到一家影視公司實習，父母理解了她的選擇，但也提醒她，做編劇很累的。

「沒有什麼工作是不累的。如果可以在外面多見識一下，我承擔得了。」lululu是個反抗成功的案例，但她獲得的自由時間只有兩三年。

「走一步看一步吧。」

lululu很理解父母，但也很珍惜來之不易的暫時的自由，或許這是當下最兩全其美的做法了。

04

我的閨密L前幾天剛和父母大吵了一架，原因是她要去外地找工作，但父母說家附近城市的一個銀行缺人，有熟人牽線，面試得好八九不離十，去吧。

她知道這是個陷阱，回去了就出不來的那種。

L的英語一直很好，想著畢業後去外商之類氣氛輕鬆、可以展現自我價值的地方工作，就算累一些都沒關係。但昨天她和父母通電話，父母苦口婆心地勸她還是先考上研究所，然後回家鄉當個老師，去不了大學就去個高中、高職也行。

她覺得生氣又難過，不知道為什麼父母不相信她可以做一些「更好的工作」，一番談判之後雙方僵持不下，和解策略是L先申請國外的研究所，研究所畢業之後再做打算。

L上了大學之後不太敢回家，因為父母都比較強勢，小時候不太敢反對他們，以至於強勢也有了慣性。

「爸媽其實大多也是『焦慮卻無知』的，對大環境也不算很了解，但就愛瞎著急。」有一次L的媽媽說要她研究所讀一個比較務實的方向，L反問比如說呢，媽媽支支吾吾半天自己也說不清楚。

L說自己真的很愛父母，卻也是真的不敢離他們太近，有時候父母反而像「巨嬰」，不斷地要求，不斷地需要得到滿足。

「我覺得父母應該學會不被需要，因為沒有一個人是永遠需要一個人的。」

很早之前，我爸媽也說過要我去考教師資格，到後來也漸漸不提了。後來我問我媽為什麼，她說反正你也不願意，何必呢？

這不是最真實的原因。

她說她去上學第一節課老師就問她們：「你的理想是什麼，你來這邊上課，你的目標是什麼？」這個問題把她給問倒了。本來她只是過來打發時間順便學點東西，沒想到老師卻問了一個感覺早就不屬於自己的問題。

孫女士說，很多年輕人口中的「目標」和「夢想」在中年人身上漸漸都已經找不到了。他們想把孩子留在身邊，想要替孩子做出人生選擇，可能就是因為孤獨和沒自信。

當自己的學識程度、威嚴和自身成就已經不足以說服小孩的時候，也只能用情緒去「綁架」孩子，那是一張無理取鬧卻可能有效的底牌。

很多中年人也會害怕自己跟不上時代，慢慢地被這個世界拋棄。而孩子是對自己而言最親密的人，將他們留在身邊，如同抓住一根救命稻草。

沒有那麼多離開父母就活不下去的小孩，多的是離開小孩就喪失人生意義的父母。

那些被戲謔為「不孝」的衝突與矛盾，或許只是缺乏溝通和安全感的結果。

當老師很好，當公務員也很好，各種體制內的工作依然很好，問題不在於工作之間的優劣之分，而在於很多年輕人在就業選擇時因為與父母溝通的缺乏和對彼此的不信任，導致雙方都失去了自由和體面。

我在採訪的時候有一個問題是：「你在選擇職業方向時會考慮的因素有什麼？」

上文提到的三個年輕人，我的讀者們，包括我自己，其實多多少少有提到：「會考慮父母的意見以及父母的養老問題。」

我們這些二十多歲的年輕人不是瞎闖的一代，我們願意對自己的每一個決定負責，以換取自己人生中大部分選擇的自由。

06

寫到這裡，我想起前段時間看某篇隨筆時讀到的一個故事：

一位父親在女兒十八歲、十九歲、二十二歲生日送的禮物是機車、二手汽車和汽車。

女孩很困惑為什麼自己收到的是車而不是花裙子，或許自己的父親更想要一個兒子。想到這裡，她不禁有些自責——如果自己是個男孩子，或許可以跟喜歡機械和車的父親有很多共同話題吧。

後來有一次聊到這件事，父親告訴她：「女兒可以當兒子養，但兒子不能當女兒養。」

至於為什麼送車，是因為父親覺得女孩開車很帥。他說汽車的所有設計中他最欣賞的一項是中控鎖。（中控鎖是一種汽車配件，使用該鎖，不用把鑰匙插入鎖孔中就可以遠距離開門和鎖門）

女孩一直不明白那有什麼特別的。

直到後來她做了一個專職的旅行攝影師，整日需要四處奔波，獨自駕車出行，她感謝自己很早就學會了駕駛。

有一次出差回家，深夜駛出機場的停車場，忽然聽到中控鎖發出的清脆的「啰嗒」聲，讓她在孤寂中感到安穩。

她忽然很想哭。

因為自己在很小的時候，拿到的不是一條花裙子，而是一把車鑰匙，父親將世界四通八達地在她腳下鋪開，給了她自由去往任何方向的權利。

至於中控鎖，是父親希望她懂得，哪怕自由，也該在自由中學會控制自己的人生。

或許每個父母到了一定的時刻，就得把一把鑰匙交到孩子的手上，讓年輕人自己去探索。

畢竟每個人的人生終究是自己的。

微文學44

一人份的熱鬧

作　者——尹維安
副主編——朱晏瑭
封面設計——ivy_design
內文設計——林曉涵
校　對——朱晏瑭
行銷企劃——謝儀方

第五編輯部總監——梁芳春

董事長——趙政岷
出版者——時報文化出版企業股份有限公司
一〇八〇一九臺北市和平西路三段二四〇號七樓
發行專線——(〇二)二三〇六六八四二
讀者服務專線——〇八〇〇二三一七〇五
(〇二)二三〇四七一〇三
讀者服務傳真——(〇二)二三〇四六八五八
郵撥——一九三四四七二四　時報文化出版公司
信箱——一〇八九九臺北華江橋郵局第九九信箱
時報悅讀網——www.readingtimes.com.tw
電子郵件信箱——yoho@readingtimes.com.tw
法律顧問——理律法律事務所 陳長文律師、李念祖律師
印　刷——勁達印刷有限公司
初版一刷——二〇二一年五月十四日
定　價——新臺幣三二〇元
（缺頁或破損的書，請寄回更換）

時報文化出版公司成立於 1975 年，並於 1999 年股票上櫃公開發行，
於 2008 年脫離中時集團非屬旺中，以「尊重智慧與創意的文化事業」為信念。
ISBN 978-957-13-8895-3　Printed in Taiwan

一人份的熱鬧/尹維安作. -- 初版. -- 臺北市：時報文化出版企業股份有限公司, 2021.05
面；　公分

ISBN 978-957-13-8895-3(平裝)

855　110005588